U0889410

目 录

人 Life 生

顾城手书“只”字

大
足
春
秋

顾城哲思录

顾城 著

河北出版传媒集团
河北教育出版社

1

一个彻底诚实的人是从不面对选择的，那条路永远会清楚无二地呈现在你面前，这和你的憧憬无关，就像你是一棵苹果树，你憧憬结橘子，但是你还是诚实地结出苹果一样。

2

最端正的杯子，是橘子，它在树上跳舞，一滴水也不洒出来。

3

一朵花飞起来，一朵花也飞起来，这就是我喜欢的生灵世界。

4

就像木柴，把光带给阴冷的日子
阳光通过树
明亮百年后的房间

5

当你变成男孩

你就看见了

微微走动的荷花

6

女人嫁给男人是这个世界的一大不幸，有如诗变成了政治，而字变成了章程。

7

他如此忠于自己的心和感知，以至逃离了人世。

8

命运不是风来回吹，命运是大地，走到哪里你都在命中。

9

人生不能有目的

因为目的是空的

人生不能没目的

因为人生是空的

10

五岁的时候，有一回我一个人在屋子里，我注意到了墙，雪白的墙，我觉得很美，我就睡着了。我醒来时，慢慢睁开眼睛，墙就像一阵雾气，白色的水汽，向我透过来，墙里边有一些眼睛看着我。我定下神来看，光，灯光依然照在墙上，墙依然是白色的。我那时候已经知道每个人都可能要死，但是我没想到我要死；我知道人死了要变成一种灰，白色的，我没想到这灰烬就离我这么近。我看着白色的墙，心里忽然有种空虚的感觉，好像第一次清楚地知道了我是要死的，第一次看见死亡离我这么近……

我可能永远没法用语言说清那个时候的感觉——你知道钟在走，每时每刻，像是一只绝不放过你的手，把你推向这个墙，你到那里就变成灰烬……我就跑到外边去，坐在一些草中间，我想在这个世界上还要干什么？有什么值得做的事情？时间这么短，我可以算出来，我活了一千天，两千天，没有几个几千天的，时间非常短，我觉得我不应该做我不爱做的事，我就坐在草中间看那些昆虫爬上草叶，又掉下来，这时候我忽然觉到了一种安慰——在这个很大很大的天地间，我就像这个昆虫一样，走我的路，我不知道我爬上去的是哪片草叶，然后到哪里去；但是天看着我，天知道，就像我看着这个爬动小昆虫，我知道一样。这像是一个可怜的安慰。

11

后来我有机会读书，读了一本法布尔的书，J.H. 法布尔。我打开这本书的时候，我觉得，第一次我忘了这个世界，这本书里全部讲的是我热爱的昆虫们的事情。这些小昆虫各式各样的，有夏天在树上叫的知了：喳——喳——喳——，有瓢虫，有推动一个圆球的蜣螂，它们在这个世界上不停地做它们的事情。最打动我的是这书里的一句话，它说："它来到这个世界上，没有谁欢迎它，石头是摇篮。"—— 一个小虫子，一生下来，就在无情的岩石中间，但是生命本身有一种力量推动着它，使它不断地爬，很多很多的它们，在阳光晒热的岩石上爬着，被晒干，死去，但是仍然有少数，爬到了一个地方，爬到了蜜蜂的窝里，吃了蜜，变成了一种飞虫，飞走了。有很多很多这样的故事，它们这些昆虫，在做它们的事情，有一种知道。夏天，法布尔说，它在树上唱歌，它的声音不好听，但是我们人应该原谅它，因为它是很不容易才爬到树上唱歌的，它在地底下做了好多年苦工，谱写一支歌曲，就是为了有一天在夏天的树枝上歌唱。

法布尔说他小时候，碰到一个牧师，拿着一个鸟蛋，我读到牧师告诉他鸟蛋的名字的时候，心里微微一动，很奇怪，我第一次想到世界上所有东西都有名字，都有一个字代表它们的存在——所有的东西都有名字，我也有名字；所有东西都有它们的死亡和命运，我也有。这使我感到了一种同病相怜，一种惺惺相惜，一种含着凄凉的亲切和融合。它们是我的朋友，我应该好好地认识它们——每天我走很远离开城市，那个时候城里“文化革命”非常热闹，不停地在抓人打人，但是在我离开它的时候，这场喧闹就消失了。

在那些草中间，我听见蟋蟀的歌声，我想起法布尔书上说的话，它说，满天星星都看着我的时候，我觉得最美丽的不是星星，而是这个小小的蟋蟀的歌声，一个小虫子，拉着它的琴，在一个很小的土洞里，不是为了赢得观众，只是因为热爱，这个蟋蟀和我们人一样有它的生命，它的生命本身就是一支歌曲。

12

我发现城市里的人都在说话，说的话跟那些鸟和猪的都不一样。他们有条有理地说。这对于我真正是一个困难的事情；一直到前不久，我还觉得这是很困难的事情——我和我的妻子去办去美国的签证，那个官员问，你的皮肤是黄色的？是红色的？是黑色的？是什么颜色的，白色的？我妻子说，好像跟木头的差不多。她问我应该填什么颜色，我说：你可以写“美丽的”。这就是我的愚蠢之处，我没办法弄清楚他们在说什么。

13

我记得那个时候，我也很幸运，我到“今天”去，他们在讲外国现代主义。那个时候对我这还完全是一个新的世界。我没有想到，世界上还有这样的人也在写诗，也在想这些问题，而且那么高妙。我记得有一天讲玛格丽特·杜拉，我说：“玛格丽特·杜拉！”一听这个声音就把我吓坏了，从来没听说过。后来一个朋友告诉我一个名字，我到现在也没有记住。后来那个人说，这个人就是亨利·米肖之前的那个人。我说，可是亨利·米肖我也不知道哇！

所以真正我开始学习这个文化，还是非常困难的一件事情。有的时候就很绝望。我觉得在我学会说话的时候，我说的不是自己的话，可是我在说自己的话的时候，别人听不懂。在写诗的时候，在我生活的时候，永远有这个问题。

14

我坐在一棵伐倒的树上，摸着那个新鲜的树桩，有一种白色的光明，一个声音，在我心中醒来，好像穿过一个白色的池塘，到了一个地方。这时候我看见了我的生活，非常可怜，作为一个男孩儿到男子的这样的一个生活，为了活下去，为了恐惧死亡，我做了这么可怜的事情——我要学习一种语言。

15

无论怎么分呢，把人分成男人或者女人，分成无产阶级或者资产阶级，分成诗人或者非诗人，我觉得都是一个让一般人心安理得，就是认为自己知道了这件事情的一个方法。好像你一掌握了这个概念，就知道了。但实际上呢，我觉得，像我来说，有的时候我就跟昆虫是一类的，有的时候跟人是一类的，不是固定的吧。孙悟空吧，我们知道有七十二变嘛，是吧，我也是属猴的，所以这到底是什么东西也很难说。那个不是有个“存在主义”吗？我觉得存在主义最好的地方呢，就是这点：你是什么，这个事儿很难说。但是呢，是不是当人呢，这个要看情况而定。

16

懂不思想的人才懂思想。

可惜他们不思想没有变成花朵，而是变成了石头和泥土。

17

遥远的地方是美丽的，因为它只存在于你心里。

18

每个人来到这个世界上，都好像是第一次，他们到处看着，眼睛有神。他们的惊讶像宝石。

19

你怎么会以为我是人呢？

20

反叛和宿命——大海掀起无数反叛的海浪，却从没有升上天空。

21

所有事，只能在诗中实现。不然会招来苍蝇。

22

一个人取得食物的能力，同生命的真意有什么关系？能力不过是一种体面的盗窃行径。即使盗窃可能到达真意，体面也不能。

世界称颂了贼。

23

在没有到来的时候，我们工作，我们的工作就是等待，一个兔子会来，一个声音会来，甚至神明。

24

艺术是花的时候，结出神的果，这时哲学是叶子。

25

从叶到花，或从花到叶，于科研是一个过程，而于生命自身则永远只在此刻。花和叶都是一种记忆方式。果子同时也是种子。

生命是闪耀的此刻，不是过程，就像芳香不需要道路一样。

26

美是唯一的真实，当它到来时，一切都形同虚设。

27

人都像你怎么办?

人长的全都是鼻子怎么办?

28

两只小鸟，一只死了，一只正在死去，死了的那只多么安静。

一只正不住地使用翅膀，而另一只不用翅膀也飞走了。

我记着，它向前飞的样子。

29

没有天堂

只有门

30

如果没有美，我可能毫无信仰。

31

我不知道什么是真理，但我知道，它一定是简单的，要不人早知道它了。

32

人以为上树必须有梯子，他们忘了苹果并不是爬上去的。

33

说人是世界创造的，犹如说脚是鞋创造的，鸟蛋是鸟窠生的。

34

我信神 但不信神要我信它

神那么稀罕人信就不神了 有那么可怜的神吗

35

人总在说世界复杂、人复杂，其实不过是发生了一点混乱而已——人忘了自己的来源。

36

人生不带来，死不带走，再简单不过了。人世所以闹得这么复杂，盖是因为加进了目的，一加进这个怪物，立即就复杂无比。你想当博士，就必须啃书本、钻逻辑，甚至琢磨着巴结导师，导师有什么怪癖？有没有孩子？就复杂极了。如果你想当博士，还偏说并不想，而是为了真理，编出另个目的诓世，那就复杂加复杂，不仅复杂了自己，还复杂了有目的的别人，让人们更有根据说世界复杂。

大家都抱怨复杂，却不愿想自己就是复杂的根源，麻烦都是自找的，只要诚心，就会看见世界简单至极。你须做的只是扔掉目的而已。这时你自由自在，人人自由自在，天下太平无事。

37

我看不见这世界是因为我的心像波动的水一样，当我的心真正平静下来的时候，它就映出了这一切——山还是山，水还是水，一切都没有改变，但是我看见了它们。我最大的错误就是固执，我喜欢我自己，我喜欢生命中间最美好的那一刻，无论是爱情还是革命。我喜欢林黛玉，也喜欢李逵，喜欢他们那种真切的性情。但是当我说“真美啊！”的时候，它们不会停留下来，它们就消散了。我接受不了的就是这个消散。歌德写的《浮士德》最后一句说：真美啊，你留下来吧！一切就都结束了。当你摘采这朵花的时候，她就枯萎了；即使你能变成一朵花，春天生长开放，秋天也要枯萎；人有生必有死。常有是不自然的。我知道我是这个世界上最简单的一个人，像一只昆虫，同时我也知道，这是一个很短的过程。

38

语言可以决定和改变文化人的世界，改变他们对自然和自身的看法，但并不能改变自然。一朵花和各个国家给它的名字毫无关系。人不可能把自己由于无可奈何而捏造出来的语言加到一切事物上，并糊涂地认为那就是事物本身。语言不过是人类捕捉自己的一张小网。

39

我不知道二十世纪是什么，是个大楼？还是个小房子？还是个卖票的地方？不久前有四个法国学生走遍世界，到处问人对二十世纪的看法，也问到了我。我告诉他们：我没有住过那么大的地方——二十世纪，也没有住过那么小的地方——二十世纪。

40

这个世界最逗了。它不但把一切它所谓的“艺术”、而且要把一切它眼里的“反艺术”，一切这种自然自由的精神创造，都归纳到它的概念里去，归纳到它编造的艺术史里去，就像是把鸟都收到博物馆里去一样；鸟人家飞才是鸟，那不飞就不是鸟了。

现在的逻辑差不多就是鸟是为了博物馆飞翔的。

41

它这个规则是机器的规则，是用一个竿取物的规则。用竿可以将果子从树上打下来，但是用竿你不能取下梦想。这完全是两件事情。可是它还是把做一个小事的方法扩大成了普世真理，用竿取得一个苹果的时候，它就以为用竿可以取到一切了。

在中国哲学中，“道”和“术”历来是不相干的两码事。“术”是有具体目的的，是做一件具体事情的办法；“道”则是没有目的的，是无处不在的。而现在的世界规则无异于以“术”求“道”，那它没有能实现的。我刚才说艾略特他为什么要绕那个圈儿呢？目的何在？目的在人上，原因也在人上，他也是在以“术”求“道”，所以永远只有原地绕下去。人同万物一样，恰恰是没有目的的。只要你弄出了目的，人的自然性就受到损坏；人类史以来人弄出的目的多啦，人也就变成了种种非人的样子。

淡若海，漂无所止。人本来在这个世界上就是这样的。要说目的，这就是目的，是起点也是目的，哪还有什么目的？你找当个游戏就罢了，当真，那人也找了几百几千代了。“官知止，神欲行”，你什么时候丢掉了这个目的的想法了，你什么时候就自由了，就发现人生了，就获得一切了，就知道你是什么——你现在就是，和你要什么——你已经有了。

42

人的生命里有一种能量，它使你不安宁，说它是欲望也行，幻想也行，妄想也行，总之它不可能停下来，它需要一个表达形式。这个形式可能是个革命，也可能是个爱情，可能是搬块石头，也可能是写一首诗。只要这个形式和生命中间的这个能量吻合了，就有了一个完美的过程。

中国古代有许多故事讲的其实是行为艺术，比如庖丁解牛、嵇康打铁、阮籍的青白眼等等。在今天的世界上，现代艺术已经又一次验证了古代艺术家的方式，艺术似乎不再是某个固有形式的概念了，而扩展为对整个生命真切表达的呼唤过程。

43

铅笔在写归类大纲：

一、铅笔同毛笔一类；毛笔同茅草一类；茅草同松柏一类；松柏同坚强一类；坚强同革命一类；革命同文章一类；文章同“笔”一类。

二、铅笔同铅矿一类；铅矿同金矿一类；金矿同银行一类；银行同富有一类；富有同愚蠢一类；愚蠢同灰暗一类；灰暗同“铅”一类。

所以世界分为两大类，铅类和笔类；而我是铅笔，所以我是世界之全，我是世界之最。

44

所有被风吹过的树

都显得有神

45

神对于我来说是一种光，是一种洁净的感觉，是一种洁净的心境。

鬼对于我来说是我在现实生活中的一个化身、一个旅行。

人对于我来说是一种名称，也是一种概念。

昆虫对于我来说是一种没有妄想的生命。它不会变得很大。

世界说我是人就是说我具备了人的形体，但这个形体并不是全部的我。我还能感觉到其他的生活。如果只遵循一种方式生活是非常单调的。光做人也非常单调，不合我的心性。

46

两个雨滴降落到大地上，微微接近，接近时变长，在临近汇合的最新鲜的刹那，它想起它们分离的一瞬。

每个人来到这个世界上之前，都作为云、飞鸟、河水，千百次生活过；都作为阳光生活过。当你有了眼睛，看世界，闻到春天的气息，听，声音一闪，你就想起了以前的生命。

47

看着那堆尘土的生活——我知道我什么也不要。

48

我不能想得太多，一切来自冥冥还将归于冥冥。在这之中，有一段有花有树的生活。我坐在长椅上，关掉世界的声音，我说这次要久一点。我握你的手，我知道这时还没有变成幽灵。

49

对于美和希望，终究会离开我们，我一直存有大的困惑，这折磨了我可以说很多年——就是浮士德所面临的，他说真美啊，你留下来吧！这时一切就消失了。

这的确是一个折磨人的问题：爱情过去，我们剩下了婚姻；革命过去，我们剩下了政治；诗过去了之后，我们剩下的是诗坛……一个精神的创造力过去了的时候，剩下的可以说是一具尸骸。那么这个时候怎么办？

50

我不反对什么，也不顺从什么。

只有诚实，很简单。

“没有目的”才能“在蓝天中荡漾”，“没有目的”才能感到心、生命的真切。

我爱他们的时候，我就是他们。

51

自由并不是你不知道干什么好了，也不是你干什么都可以不坐牢了；自由是你清楚无疑你要干什么，不装蒜，不矫揉造作，无论什么功利结果，会不会坐牢或者送死，都不在话下了。

对于惶然不知道干什么的人来说，自由是不存在的；对于瞻前顾后、患得患失的人，自由是不可及的。

“从心所欲不逾矩”—— 一点儿勉强也没有，任何外力都是无；而“矩”是什么？就是“灵”的“自为”。你超出这个“自为”，加入了非灵的杂念，就是“逾矩”。所以说“从心所欲”和“不逾矩”又是一个东西，只不过“通俗”起见，从相对方向做了强调。

52

当世界上布满了人，结成了社会，我们不得不承认，需要有统一的规则来使这个社会运转、延续。这是人们生存所必需的。

但这是生存的问题。它不是另一个问题，就是我们所讲的人的自然属性的问题，不是这个问题。

自然个体本身是各个不同的，就像庄子说的，有的鸟腿长有的鸟腿短一样，你把长的截短或者把短的接长，这对于它们的自然都是破坏。

而社会要求的是统一，做的正是这件事；又不得不做，否则它无法存在和延续。所以从人的立场来讲便是有得有失。

实际上无论是中国人还是西方人，都一直处在这两者之间的矛盾状态中——你要求自由，可能就要同时接受死亡；而你接受生活，又往往必须扭曲本性。

不过在中国的哲学里，后来有一个非常奇妙的方法，完全调和了这两者的矛盾——就是说人大可继续过他的生活，而他的心呢，是自然的；就像云在天上，水在瓶子里一样，彼此一点儿也不矛盾；各在各的领域里，互不相干，安全地并存。

这呢，也算是我的一个座右铭吧——人可以像蚂蚁一样地生活，但是可以像神一样美丽——生如蚁而美如神。

53

有生之物，出生之时都是真老虎，后来就变成纸的老虎了。如果仅从审美角度讲，那无论如何我更喜欢前期的孙悟空。我实在同意弗洛斯特说的那句话，就是革命只该进行一半，就是前半部分是有意思、有活力的；随后功利、政治跟过来，精神的光芒大大减弱，最初的生气就失去了。

54

爱或者美，是我在世界上，感觉到的最真实的东西了；虽然我不能保存它，甚至也不能追随它，但是它确实是我感到了的，是我一生中唯一所见的珍奇，唯求可见的珍珠了。在它到来的时候，可以说一切世间的、非世间的，所有其他的事情就都不存在了。

55

自然哲学或自然观，至少有一点我觉得是有助于我们每个人的，就是它使我们可以看见我们本来的样子，而不须用脑子去设想自己。当我们看到自己是什么样儿的时候，并不是说就由此不选择了，接受一切宿命，并不是这样；你知道自己是什么样子之后，你恰恰做事情就知道该怎么做了。你是一只鸟儿，你就可以飞，你是一条鱼，你就可以游；你喜欢数学你就做数学，你喜欢人类学你就做人类学，你反对什么你就反对。就是你不会在繁杂的外在要求中迷失，而故意改变你自己。

56

有一个歌叫：我们亚洲，山是最高的，我们永远高昂着头。我说是不是你要站山上跟人家比个儿呵？不知道这是在干什么。

而且自己还不够，还“我们亚洲”，把亚洲都算进去。我不喜欢强的世界。太可笑了。

就是都是要目的，要结果的，要成功，要更成功；而其实生命唯一的真理就是“春来发几枝”——自然的生长。

57

自由意味着什么？意味着体现自身的戒律。

58

才能是天赋的内在的。人的一生或许都在发现自己才能的过程中间。如果你的才能为你带来财富，那这个世界对你大概是不坏的；如果带来的财富还能使你幸福，甚至给你足够的慰藉，那这个世界该说是再适合你不过的了。才能若同财富无关，但是却帮助你的精神升华，使你脱开这个世界，获得内心的另一种宁静，那我想也是很好的，甚至是更好的。

但是才能到底不是心，而是更属于大脑或者胳膊腿的；心如果痛苦，才能能做多少事，这实在要看心大还是才能大了。

才能大于心的人，日子是比较好过的。相反的人就受苦了。

59

人痛恨杀戮，却又一直在杀戮，所以人发疯。

面对这个冲突，就有了智者，有了宗教和哲学，找一个观注点，找一个解释。但是不论人怎么挣扎，还是在自相矛盾中间，他的血液里流淌的是千代留下的基因。

我喜欢真实，喜欢美丽，喜欢纯洁的生命，喜欢就是喜欢，是至极的，此刻生死置之度外。在喜欢的一刻死，或许是至高的幸福了。但是难有这样的完美，它让你就在半脏不脏中间，不死不活中间，痛苦痛心中间。所以我说我喜欢革命，不喜欢政治，喜欢写诗，不喜欢当诗人。

60

你把自己放在万物中去看，便如花开草长。当你排除了妄念之后再看世界，那真是美好得不得了。我那时写“有山有水有河流，好花好月好人间”。到柏林来也是静的。我发现消除别的都容易，消除对自己的期待特别不易。其实是本来无一物。

61

你只能阻挡阳光，你不能伤害阳光。

62

中国人差不多都可以感到一切皆幻，只是大都是在失意被动无奈之下去感的，做聊以自慰用；如果你处在上升主动看去前程远大的时刻，有这个心境，那便是真懂了。

63

作为人，人世的惨痛是剧烈的；作为天，就不一样。天解人事，而人难测天意；所谓修行就是将人的意念修成天意。

64

任何理想呵，它同实现是两回事。就是说理想就是理想，实现就是实现；理想没有实现或是根本不能实现，它作为理想的性质并不会变，也就是说理想中不必包含可实现性。

越是高于人性的理想，它就越不可能实现。硬要去实现，那就只有采取种种与理想本身不容的非常手段了，因为它必须让所有人一直永远地坚持做高于人性的事情。所以，它这，无论实现不实现，它都已经无法同那个理想接近了。

同时在这个非常的“实现”过程中，大家全都跌入了魔鬼的生活。

所以我说理想不是为了实现的，它的意义就在于画饼充饥，给人心里一个照耀。

65

理想是什么，是一个方向？不是，是一个状态；就像星星是理想，那就是我们的方向，但是我们可不要指望走到那里去；我们有它的照耀就不会迷失，我们就处在这样的一个理想照耀之下的状态里；就是说理想是有了就同时“达到”的一个明亮清晰的状态。理想主义者也在干事儿，也有方向，你像甘地，那就是理想主义者。

纯粹的理想主义者的与众不同在于他不强求结果，他很明白理想就是理想，云在青天。而妄想，它是要在现实逻辑中找依据的，因为它是以“实现”为目标的，就是说它是世俗的。说它“妄”，是说它一方面是坚决要求实现的，一方面又是与实际脱节，是不可能实现的。

66

其实你细想起来，你生下来，当一个人，这是怎么回事儿呵？一会儿又当一个男人又是怎么回事儿呵？所有这些都是莫名其妙强加给你的一个形式而已。就像那个魔法把你变成个青蛙了，你这浑身的不对劲儿，可是你就注定得当这个青蛙。但是人好歹有一项能力，使他可以看这些东西。就像你看书，你是书里的故事，你也是写书的这个人。

67

我们要小心，在我们谴责的时候，好像我们就站在了正义的立场上，好像我们就是正义，好像被我们谴责的与我们绝然无干。真是这样的吗？他们行恶，我们正义，他们卑下，我们高尚，他们和我们到底怎么就成了如此截然的不一样？我们不是和他们要着利益这同一个东西吗？那凭什么以为他们低而我们高呢？

68

不要相信诗人对这个世界的要求。我是这个意思。因为诗人对世界的要求永远是苛薄的和过度的。而你不是诗人是幸运的，因为这个世界对你很可能是合适的，你就好好地过世上的日子吧，完全不必去理睬诗人还有什么见鬼的要求。

69

现在看来我很像是死了的人。我不知道什么是死亡，所以死亡是没有的。我又好像死过了，可以往前推想。这都是玄理。谁也不知道死亡究竟是什么，那么在这个意义上，死亡是一个概念；也就是说死亡只是我们对死亡的一个想法，如果你没有了这个想法，死亡也就没有了。

70

我活的时候，我可以变化多端做一切事情，做鱼做鸟，做人，说话；我死了的时候，我像泥土一样安静。这是整个同一的过程，我想它需要休息，变得干净，就像树林里落满雪。真有死亡的话，恐怕也是这样一回事情。

我到过中国东北，那儿有冬天；春天来的时候，所有的树、所有的花都格外新鲜。可是在新西兰没有冬天，它所有的树一直绿着，绿到后来很疲倦。我想如果有死亡的话，这便是它的意义所在。死亡好像一个季节，让万物得到休息。

71

我那个《滴的里滴》说：“门开着门在轻轻地摇晃”——“整个下午都是风季”——“你是水池中唯一跃出的水滴”——

老子说嘛，人在这个世界上充满了恐惧，是因为有一个身体，所以“及我无身，何患之有”？佛教的“空”和“解脱”和这个都有关系。我觉得到这只是一个开始，从这以后呢，你可以开始你真正的生活了。

你可以在这个世界上做一切你喜欢做的事情，而这种活泼自在不是源自对人世的绝望，不是放纵、发泄和破坏，那是十分自然的一个生活，像是孔子说的“从心所欲不逾矩”。“矩”是内心律法，因此“从心所欲”也就是它的“矩”；你进入完全的自由，也就是不再选择。就是这样一种如是的生活——红豆生南国，春来发几枝——这样的，十分自然的，最为简单的，完全是你自己的真实生活。

72

对一般有目的的人讲，你也有目的，他以己度人能理解，也容易知道怎么对付，所以会不太害怕；而碰上没目的的，他就不解了，他不能想象没目的是怎么回事儿，他就老猜你的目的，结果猜了半天，还是不觉得抓住你了，他就害怕了。

73

像“人比黄花瘦”，除了美丽之外，还非常苍凉。实际上就像有一种平衡，如果有上帝的话，他给你最好的，必给你最坏的，就是你一定要受这个惩罚。

面临永生和死亡，几乎都是同时的。如果真有爱情的话，最美的跟最折磨你的都是同时的。

74

高贵感是人人不同的。最高贵的人可以不在乎当奴隶，因为他不需要以别人的眼光肯定自己。越没高贵感的人才会越想高人一等。

75

我觉得这一切中间，这所有的生命中间，都被一个宿命贯穿着。你是一朵花你就要长大，就要开花儿，就要结果，这是它的宿命。一个花不会想这个问题，一个橘子也不会想，但是一个人会想。为什么？因为这是人的宿命。

人不是橘子，生命之水充盈在生命里；人是一个倒空的杯子，精神——人的生命之水，生命之光辉，生命之涵义——离开了，所以人需要重获这个生命之水。

尽管每一次到来的生命之水都是崭新的，不一样的，但是人只有在获得了它时才能算是活的，算是有生命的，才能达到充分的平衡和安宁。这是我一直困惑的一个问题，为什么这么美好的生命要离开我们？为什么这么美丽的精神我们不能保存它？我用我全部的虔诚保存它，还是不能够。

76

匹夫不可夺志。这就跟我说的那个钱或者权势不能改变一个小虫子前行的方向差不多。

一个小虫子，哪怕你把它放到金山上，它也还是向着自己的方向爬。所以从这儿看起来那个“志”呵，“诗言志”的“志”，它不是“志向”的“志”，而是指自性。

77

天然天赐，已是至境，再做什么，便是越离越远。

一根线，既是起初，也是终极，却要给它穿来揉去，然后再说，怎么将它解成一条线。

78

真理是至简单的。

你只要干干净净，安安静静，便看得清清楚楚。

79

“道”衍化万物呵——万物皆备于“我”，“我”呢，自可化作“万物”；那么“我”是道，“万物”亦是道，这是一体的，“大一”呵。

这是中国的道——“皆可”。变哪，就是《易经》这个变化呀，都在其中。

这变化中间有一个最大的奥妙，那么也是中国哲学的最大奥妙，就是灵动，灵动因素何在？因何而来？——但是这个不是我们的思辨所能解的问题。

——这个“灵动”就是我们一般所说的“生命存在”。

——谁也没办法说为什么有了人世，为什么有了物质，为什么我们感觉到这个事物。

……

——为什么我们内心有愿望，以至于为什么我们坐在这里开会；——实际上刨去所有我们就是说习惯罗列的理由之外，那个理由是谁也说不出来的。

80

当人面对死的时候，宗教出现了，哲学出现了；当死没有了，所有的哲学宗教也就没有了，连科学也用不着了，艺术文学也不会存在了。就这么尴尬。

人说人只要不死了，人生就怎么都是完美的了；就是说人生有足够的美好，只要再加上一个不死，就完美了。

可是只要一有这个不死，那一切人生的其他美好就会随即消失；爱情、亲情、勇敢、正义、思想、学习、智慧、创造，所有这些都是面对死才在的，或者说所有这些令人生美丽值得留恋的东西，都是人至痛恨的死带来的。给你一个不死，取消所有它们，那么你以为你是生是死呢？实际就是——当取消死的时候就死了。就是这样的悖论，就这么荒唐。

81

我刚开始对付这个死亡恐惧的办法，就是比如说陷在小昆虫里，或者爱好画画儿，就陷到画儿里，使我忘了这个事儿。但是后来写诗呢，它使你慢慢慢慢接近了一个什么心境呢？就是说在万物中间呵，有一个平常看不见的东西，它像春天一样一直在变化，在花与花之间变化；你有时候好像全知道了，那些去上学的孩子头发那么黑，花儿那么红，这之间的那个流动你一下就知道了，就清晰如见。

有那么一回我在瑞典的时候，两个小女孩儿是哑巴，我们和她们的父母谈了一夜的话，父母就这样用手势翻译给女儿们听，过了一个很好的夜晚。一个小女孩儿想知道日本，一个想知道中国，我给她们写中国字，画画儿。她们的父亲也很有意思，在地上架着木柴烤一块肉。

第二天我们走的时候呢，又碰上了这两个小女孩儿，田野里一个人都没有，麦地在阳光下一片平坦，远处才有树，这两个小女孩儿不会说话，冲我们就微微一笑，就走过去了，在大地的波浪里若隐若现，就消失了。只有这么高的小女孩儿。

这个是唯一的真理，死亡在这时候就没有了。

82

执者失之。我想当一个诗人的时候，我就失去了诗，我想当一个人的时候，我就失去了我自己；在你什么也不想要的时候，　切如期而来。

83

《圣经》上说：上帝不在任何地方安歇。佛教说：无所驻处是真心。

我做很多事情，我锯过木头，种过地，养过鸡，这都是我心的旅程。

一九八五年以后，我就不写诗了。我的诗有一多半儿是从梦里直接抄下来的。

还有一部分是一个精神到来，一个梦想到来，这时候我高兴把它落到纸上而出来的。

所以对于一个真心来说，写不写诗是一样的，它并不需要停留在诗上。

有人说诗人永远面对语言。

我知道诗人只面对上帝。

上帝并不是《圣经》创造的；没有《圣经》上帝还是上帝。

84

句一：人间无故土

小雨是家乡

句二：园中无缘

雨中无语

关山南麓

好风依依

句三：生命如水

大地如梦

小路飘飘欲渡

句四：若随春风去

如何没有花

85

你如果能领悟小麦

你就懂太阳

餐桌被推得很远

举着火，不要让它

烧伤自己

万象真理和万象光明

的　　游 戏

86

天地像个小盒子。最奇怪的还是天，它有一种空虚无限的气质，轻轻推动着万物轮转，它让世界落下升起，又保持在原处，它让生灵因欲而为，因欲而止。让人说天，开始还说得清楚，后来欲望积累起来，一代代人呼出太多的水汽，天就模糊了。

87

早晨走近了

快爬到树上去

——《初夏》节选（1981 年）

88

每天我只要收一粒稻谷

我害怕期待

也害怕 巨大的幸福

我喜欢 每天收一粒稻谷

在万字中走一的道路

——《万一》节选

89

在灵魂安静之后

血液还要流过许多年代

——《设计重逢》节选（1982 年）

90

我不认识命运，却为它日夜工作

91

*

树身上有许多圆环

转一转就会温暖

*

像三月的风扑击着明亮的草垛

春天在每个夜晚数她的花朵

*

生命细细地含着阳光

在一瞬间体会到大地的微妙之处

*

绿色

掩护着死亡

一次次在阳光中站起

92

张穗子：对于你来说，什么是“无我”？

自然从来没有创造两个完全相同的东西。我就是我。我寻找“我”，全部的错误就在于寻找。当我思考“我”的时候，我已不存在。目的使我陷入到一个矛盾中间。对于我来说，“无我”就是我不再寻找“我”，我做我要做的一切，但是我不抱有目的。一切目的和结果让命运去安排，让各种机缘去安排。当我从目的中解脱出来之后，大地就是我的道路。

张穗子：对于你来说，什么可以称为“无目的”，什么可以称为“有目的”？

例如中国魏晋时代有一个诗人叫刘伶，有一次他喝醉了光着身子在屋里跑来跑去，一位客人惊讶地问：“你怎么不穿衣服？这是违反做人的礼节的。”刘伶说：“天是我的房子，房子是我的衣服。对不起，你怎么走到我的裤子里来了？”刘伶的所作所为是不含目的的。他不穿衣服完全出于他的自然，是他自性的表现。他的回答也是他临时胡想胡说出来的。但这表现出一种生命的自在和想象力。

又如，在西方安徒生的童话《皇帝的新衣》里，当别人问：“皇帝为什么没穿衣服？”皇帝就无话可答。因为他有一个目的，这个目的就是要证明自己是一个聪明的人、一个有教养的人。这个目的使他欺骗别人，也欺骗自己。

张穗子：为什么你的“我”总是与“我们”联系在一起？

这么多年我可以感觉到：我就像一滴水从云里落下来，我是一个孤独的个体，我在离开云的一刹那，完全忘记了我的来源和我要到哪去；这个世界上有很多水滴，每滴水都是一个个体，当我和他们相互映照，相互吸引时，记忆忽然在生命中醒来；我和他们之间有一种似曾相识、一种熟悉的感觉，也就是说，他们就是我；我能想起，我们有一个共同的来源，我们都来自云，而云来自海洋，海洋来自河流，河流来自雨滴，我们已经千百次在这个世界上生活变化过了，我和宇宙本为一体。——我觉得这是一个爱情的原理，也是一个诗歌的原理。

张穗子：你的这种看法是否受到佛教的影响？

佛教是告诉给那些不知道的人的。如果你已经知道了，对于你来说就没有佛教了，一切都是你自己。

93

两个女孩走在一起的时候，哲学家忽然感到羞愧。

94

社会是男性的。社会是伪造出来的。男性是离开了生命本源的绝望体，惶惑弱小，所以终于伪造出强大的社会生活来。

女性是上天光辉的显示，却不会看见它。男性能够看见，但他们是黑夜，所以不能接近这个光明。

这光像春天一样传递在花之间，使生命永远新鲜。

95

在她们不说话时是很美的。

在她们说话我听不懂时是很美的。

在她们说话我听懂了时是很美的。

她们到这个世界上来是个错误。

96

这是一个没有的事情，获得幽灵的人，也会像花一样好看。“红豆生南国，春来发几枝”，这是个至美的世事，他在看花时，忽然变成了花朵。

花谢的时候，并不伤心，生命要在死亡里休息，变得干净。这是同一件事，一朵花就是“一朵墓园”。

诗

Poem

1

“写诗首先在于做人。”这句话，似乎比所有硬木椅的车厢还要古老了，然而，我还是相信的。如果诗人心中没有太阳，又怎么能给花朵以颜色呢？

（1980 年）

2

说本身有一个重大的缺点就是有加于人的性质。

在这一点上，如果是音乐就会好得多。

所以写诗，越离理念远越离音乐近就越好。

3

写诗就是一个赤子之心。人要是没有这最后的一点儿领域，最后的一点儿尊严和梦想，那还说它个什么劲？

连自己的最后的愿望都不要了，还说什么说？

4

现在诗也是这样，“做”得厉害。我说的是中国诗，其他语言的诗不知道。

5

有的诗是写的，有的诗是长的，这是一个最大的区别。我为什么现在不说喜欢杜甫的诗了？因为他的诗大多都是写的。中国文化最美丽的地方在于，就是说你不管它，它自生。

6

没有一个感受人活着到底为什么的这样的精神气氛，人们读不了诗。

7

其实写诗，只需要一个读者，可能也就够了。中国古代也有这个风格，弹一个琴，有一个人，远远地坐在树下听。

8

说话难，说诗更难，因为诗一直在诉说一件无法诉说的事情，我们用日常语言来说诗很困难，至少对我是这样，现在的语言就像手一样，可以去拿筷子，拿勺，也可以写字，但当我去摘取玫瑰的芳香的时候，就无法把它采来，只能采来玫瑰。

（1986 年）

9

当人类在洞壁上画下第一个线条的时候，那时还没有文字，人们想获得内心的情感，获得一个自由，想画下在天上飞的感觉，鸟的感觉，树叶摇动的感觉，他们就画了，不是为了展览。可是后来，人们画了第二个、第三个，就想画得比第一个更好，这就迫使他遵循一个规律，线的规律，艺术的规律。这条线就缠在了人们手上，在挣扎中，在优美的搏斗中产生了很多伟大的艺术，人们生活在这些伟大艺术的光明和阴影之间，人就成为一个文化的产物。他是美丽的，有人道主义的东西，同时他也是最悲惨的，他远离了自然那种最芳香的气息。人们相信文字，相信文字能组成人的全部生活。其实我们有时读一片叶子，叶子更美丽，而我们的文字就是从叶子的脉络中来的。

10

我读诗呢也有一个分类方法，我看见好的呢，往往不去记作者的名字，我就认为是我写的；所以有时候看唐诗也很得意，道理就在这儿，就是只有我写的和不是我写的这两种。所以我觉得呢，我是这整个儿的诗歌生命的或者自然生命的一部分。

11

李白说过一句话，我觉得算得上是对中国艺术创作方式的一个最精确的描述，他说：清水出芙蓉，天然去雕饰。一朵花从水里长出来，天然，一点儿另外的东西也没有。“文章本天成，妙手偶得之”，也是一句讲艺术创作的话。一首诗是天做的，我们偶然就拿到了。我们看唐诗，看《红楼梦》，说它是做出来的，它没有人工的痕迹，因为它是长出来的。李白、王维的诗就是这样长出来的诗，而杜甫的诗就有很多是做出来的。

文章本天成，妙手偶得之——人有这样的一种能力，天于是通过它做一个事情。在我感觉最明澈的时候，我觉得我成了空空的走廊，风吹过去，在另一边就产生了花朵和万物。

禅宗里说“心中有万法”，你心里是有一切的，只要你不干扰它，那么什么都有可能自然地长出来。“不识本心，学法无益”，也是禅宗的话，是同个道理；你不识本心而学法，不但不会有助益，还会造成对你本心的抑制和干扰。

一切的真知，一切的艺术，它都是从心里长出来的，从我们未知的一个地方到人间来的，通过这个人，通过那个人，到我们中间来的；当你不断地用与你本心的感知相悖的概念干扰磨耗它时，它的生命知觉就越来越迟钝了，也就是通常所说的艺术创造力，就越来越呆滞了。

所以我老是说艺术不是从书里学来的。我看见一首很好的诗，觉得很亲切，我觉得它是我，而至于谁是作者，文学史上有什么样的地位，那就是如果另有兴趣才会去关心的了。那是诗以外的另件事。我看李白的诗，特别透澈的时候，我真正觉得是我的诗；这不是不讲道理，这个“我”同李白“妙手偶得”这首诗时的“我”是一个我，他是超越了顾城的“我”，也是超越了李白的“我”，而他是一个不是领稿费的那个“我”呵。

12

小说吧，它是整个波浪的过程；诗呢，是波浪上闪烁的那些光点。小说是鸟在天空飞舞的这个线条；而诗是鸟在最快乐的时候发出的叫声。所以诗一般来说是闪闪烁烁的一种东西。

13

每首诗，它长这片叶，又长这片叶，它有它的均衡，到最后开出一朵花的时候呢，生长就停止了，因为内在基因的限制。就这点说，自由诗并不是肆无忌惮的，它是受内在的意象、音韵和精神控制的。

要拿自由诗比古诗呢，外表形式无疑是自由到了古诗时代难以想象的程度，但是同时它也就失去了形式的依仗，你要是再言之无物，就暴露无遗，特别难看；而古诗呢，时不时还能拿形式掩饰一下，你把对子对上了，平仄音韵捋齐了，好像也就像个诗了。

14

我不觉得哪些诗人是哪些诗人的后代。

古今中外的诗人是同一棵大树上的千万片叶子。

我们看见打动自己的诗和诗人的时候，

我们同时看到的是自己和自己的那个与它们同一的来源。

每个人都是这棵大树的一片叶子，

尽管它们位置不同，姿态各异，有落有长，

但是当它们彼此看到的时候，它们知道它们是一个。

15

一九八五年后，我放弃了所有先验的写诗目的，诗不到来不写，我发现了一个奇异的现象，文字会自己行动，像一粒粒水银，滚动或变成空气，每个字都是自由的，不再代表人加与它的意义，就像我们辞去了外在的职务恢复了原本的性情。这是解脱了魔法的文字，它会碰到另一些字，结成故事，或者沿着一个谐音、一个同声、一个偏旁溜走，有时是我的声音在字中间找到了它的形体，就像托生那样。

文字的自由给人的世界带来危险，也带来了平白的语气和清朗的气象，它们最终汇合一起，回到最初的梦寐之中。

我以为诗是自然语言的图像，它的美妙并非在于它对你的描述，而在于它自身的自如，恰恰反映了你，和你光彩相映。

你用不着
拿照片
拿语言
拿烟

微微一蓝
天
蓝过来了

16

诗显示世界的来源。所以世界上怎么能找到诗的来源呢？

17

写诗如潜泳、采珠，屏住呼吸。它在我呼吸时到来，想留下它我小心地潜泳，我不采它，只想细细记住它的光芒。

18

写诗是自然现象。发表诗是社会现象。

19

给有磁力的字以自由，让它们自行组合。

20

有时字，像被水推动的石子。

21

我有句诗说：她们花哦，谢了又谢。翻译就问我这个“谢”怎么讲。这时我就只好想怎么讲，我说至少有两个涵义，“感谢”和“凋谢”。而这句诗出来的时候，是天然的，这个意思是含在里边不分的。后来他给译成德文的时候译成了“感谢了又凋谢了”，译得很聪明，但是毕竟已不是原意，估计整个诗的感觉是不能指望的了。像“机关”这个词，它到了我诗里，成了一个题目，我并没有特别想它的意思，但是翻译必须问，我就只好说一个是指办公室这类形式的机构，一个现代中国的词，再一个就是老一点儿的意思了，一个隐藏的什么关卡机谋；为什么叫办事部门“机关”？这个词意上该是通的，一叫就有个联想。

22

假花可以妆扮得和真花一模一样，但是它没有上天的密码，就不能生长，甚至连枯萎都不能。

23

问：你说诗现在在中国有作用吗？有或者没有？

我本来想象诗有一种促进社会心理变革的作用。我觉得一个社会只有政治经济变革，是不会进步的，它会动荡在原点上。不过这基本上是我八三年以前的想法，后来我算是放弃了。

但是诗可以唤起人们永恒的生命感，想起生命的愿望，生命间微妙而亲爱的联系以及它们共同的来源，想起生命作为花，作为树，作为鸟的过程。如果人们都能想起，许多的人间纷扰和争夺就会消失。

但是我也知道，知之者知之，不知者不知，只有愿意知道的人才知道，只有心有灵犀、心有痛苦的人，才会想起，这也是诗歌的现实作用何以极其微小的原因吧。

人们被现代生活的窗帘挡住了眼睛，已经乐于让窗帘代替窗外的景象了。此时就算是希望来到面前，也会给当成个废物丢掉的。

……

问：你写诗的时候，专门为了自己写，还是为了读者？

我一开始写诗的时候没有读者，也没有想到我会有读者。

我在荒地上走的时候，曾经有一群鸟落在我周围对我叫，它们飞走以后，我的生命中间像是留下了它们的叫声，好像有一种语言诞生了，这时候无论大地还是河流，小花还是树丛，都在对我说话，我就一首首地写起诗来，像是在回答它们。

后来进入社会，一个发表的时代到来的时候，我将这些诗拿了出来，那这时候肯定是期望读者的。

我也一心一意对着人说过话，对亲爱的人说话。

我热爱读我诗的人，因为我表达的时候，他们关心了我，很可能还是知音。

所以为自己写呢，还是为读者呢？我想也不必硬分吧，只要写的时候是诚实的就足够了。

问：你现在是比较有名的人，这是不是使你内心有所改变？在中国有那么多人突然知道你的名字，也有让你做顾问这样的事，会不会影响你？

我觉得名声对人没什么好处。就算你的内心无动于衷，它也妨碍你认识人。比如说我们在“星星”诗歌节上，很多人要我们签名，挤过来把门窗都挤掉了。一个人的诗歌被社会化以后他在别人眼里也成了种社会人：成功的、高高在上的、有权力的、不可交往的。我很想有好朋友，随随便便可以说话的朋友，而不是这样拿着笔让你签名的慕名者。

我觉得我最初跑到诗里去，原因也可以说是反感名利崇拜的世界。在真实的世界里，一个太阳和一片叶子各有特点，没有高下，它们都是宇宙变幻中的一个现象一个瞬间，都是丰富美丽独一无二的。

我希望我没有大名声，但有好朋友。

问：我们有过垮掉的一代。中国也有红卫兵和更老的一代，还有最老和最年轻的，你说有没有代与代之间的不理解和反对？

我觉得一个本质的人，他不一定属于哪一代。我们现在读李白或者莎士比亚的诗句，依旧感动。真正的诗是超越年龄、时代的，因为它来自真切的生命，而生命是相通的。如果你的诗只是图释观念，脱离生命的表达，现在写“让少数人先富起来”，而你的上代人写“把一切交给党”，那么代和代之间就难免老有反对了。

……

问：你好像喜欢奇异这个词，你觉得诗、诗人是奇异的不是有用的？

一棵树它只有自身的生长，它想不断地接近太阳，不断不断地把手伸向天空去抚摸温暖的风。问它的用处，那大概应由守林人或者木匠来回答，由画家或者生物分类学家来回答，由森林保护组织来回答。他们各有各的回答，树也就有了各式各样的用处。

诗的用处也是这样，有人念着它冲锋，有人念着它投降，而诗本身只有一个自身的完美。

关于艺术的奇异性，一个人来到世界上他是唯一的，这使他欣喜也使他恐惧；而死亡由来已久，文化由来已久，爱情由来已久，他又不是唯一的，这使他沮丧又使他并非举目无亲。他在宿命和个人选择之间迟疑不决，终于有一刻他自己成为全部，脱颖而出，个人的奇异性弥漫于人间——他开始了创造，想起了以前所有的生命；这些生命在被想起的刹那成为你的新生。

正是这种个人的奇异性和创造性使艺术焕发青春。

同时艺术生命永远也不可能脱离这一刹那间的奇异抉择。

24

在礁岩中，有一小片沙滩。

沙滩上，有不少潮汐留下的贝壳，已经多少年了，依旧那么安详、美丽。

我停下来，吸引我的却不是那些彩贝，而是一个极普通的螺壳；它毫无端庄之态，独自在浅浅的积水中飞跑。我捉住它才发现，里边原来藏着一只小蟹——生命。

感谢这只小蟹，教给我怎样选择词汇。

一句生机勃勃别具一格的口语，胜过十打华美古老的文辞。

（1980 年）

25

诗的大敌是习惯——习惯于一种机械的接受方式，习惯于一种“合法”的思维方式，习惯于一种公认的表现方式。

习惯是知觉的厚茧，使冷感和热感都趋于麻木；习惯是感情的面具，使欢乐和痛苦都无从表达；习惯是语言的轴承，使那几个单调而圆滑的词汇循环不已；习惯是精神的狱墙，隔绝了横贯世界的信风，隔绝了爱、理解、信任，隔绝了心海的潮汐。习惯就是停滞，就是沼泽，就是衰老。习惯的终点就是死亡。

我感到，习惯于习惯的包围，诗就会失去血色甚至生命。

当诗人用他崭新的诗篇，崭新的审美意识，粉碎习惯之后，他和读者都将获得一次再生——重新地感知自己和世界。

（1982 年）

26

我们的诗像生物标本一样在俄式的古典主义和实用主义的酒精里，浸泡得太久了，窗外哪怕飞过一只现代主义的蝴蝶，也会吃惊，竟不以为那是生命。

（1982 年）

27

前些时候我问一位外国诗人：你如何从一般状态上升到诗歌的最佳状态呢？他回答得很有意思，他说：“诗人要知道每回怎样去写诗，那他的诗将会像从流水线上生产出来一样，源源不断了。”说得非常好。

（1984 年）

28

我们现实的语言呵，的确是限制性的，是有“交通规则”的——你走我停，我走你停，有着这样的语法关系。

但是还有一种语言是无法无天的，完全自由。哭、笑，这哪个民族都懂；连一个动物，它的叫声，我们都能听到悲伤或是快乐。中国古代，有一种“啸”，也算是一种表达的准语言。

实际上，这两种语言是可以达到和谐的。在我这《滴的里滴》里表现的是冲突，但是我们可以看见，在唐诗里边表现的就是和谐。唐诗你读起来，就像呼吸和风一样——昨夜闲潭梦落花，可怜春半不还家——它这个声音完全就是很舒服的一个自然的声音。我觉得诗之为诗，就在于这个自然的声音和气息成为了主要的部分。就是说是这自然的气息、自然的风的吹动，使文字飘舞生长为诗。

29

诗在事物转换的最新鲜的刹那显示出来，像刚刚凝结的金属，也像忽然而至的春天。它有一种光芒触动你的生命，使生命展开如万象起伏的树林。人总怀有私心，想捕捉这美好的一瞬，想把彩虹做成标本，用一根针来固定它；他们总没有成功。

诗已在瞬间做完了它的游戏，它已远去，只剩下没有生气的历史在黑暗中，像泥石流一样迟钝。

30

有人强调社会决定了个人和诗；有人强调诗人和诗能够影响社会。这都是现在中国比较普遍的看法。在我讲对诗的体会的时候，我想应该排除掉这样一个相互影响的前提；因为这不符合我的体会，前者呢太严厉了，而后者又太浪漫了。我觉得诗有的时候，可以将潜藏在一个民族背后的巨大而又无言的幽灵显示出来，好像季节到来时有的树先开花后长叶，而有的树先长叶后开花一样，你光在叶和花之间争论就会都对，又都不对，而它们都是树的现象，都是季节的作品。那么这个不时由诗显示出来的使我不安的使我们这个民族不安的幽灵，在它由诗显示又显示为诗的时候，它也会由一个人或者一个社会显示。

31

我们经常把诗人归入诗坛或者文化史，把有生命的东西归入无生命的世界。庄子说过一个寓言：一只乌龟在泥里爬，摇它的尾巴，这时候人们要把它变成一个乌龟壳放入神殿。乌龟说，我情愿在泥里爬活着，我不情愿去神殿死着。这也说明了生命创造和文化收藏的关系，乌龟和博物馆、诗人和文化史的关系。我觉得如果一个诗人仅仅是为了文化史或者诗坛写诗的话，那么他便是可怜到了、也空虚到了乌龟壳的程度了。

32

给文学一个地域的或者社会的概念是一个视点的问题，就像明月初升，有人说月亮在水里，有人说月亮在树梢上一样，都可以，这于月亮本身都不妨碍。

对我来说，一个安静的创作心态，并没有国界道路。她就像月色临照，凝视万物。她可以看见自己在水里的影子。影子在水里碎了在镜中完满，她并不遗憾。

我是一个固执的人，曾在水边捞月亮，想把月亮带回家去。我喜爱精神的光辉。我一次次努力，一次次失败，不知道怎么能做好这件事。

后来，我到了太平洋上的一个小火山岛，在那生活，伐木。光阴明暗，花开花落，都是自然的事情。我开始知道人并不是那么重要，我可有可无。

曾经很怕这种想法，怕空，要抓住现在；这时才知道，那个空就是现在最安宁的地方。人不能损坏没有的东西，时间也不能。然而那个空却能幻化宇宙万物。

无端端的写诗，不需要那么多的道理，语言的自然生机已经包涵了一切，鱼在水里的快乐和烹调是两回事。尽管我们每天在厨房里忙碌。

33

要找出诗人和别人的不同之处的话，有一点，就是他有一种虔诚，他希望自己变得透明、通达，好让光能够清澈地通过；如果他是浑浊的话，光就通不过。让光通过他——这是他唯一能做的事，如同常说的自我拯救。

如果他想要把自己的名字印在一个东西上，以取得和上帝同等的地位的话，他一下就变浑浊了，因为他有一个非诗的目的了。那么他就完了。

要说成为光明本身，那是不可求的，光明到来你是，走了就不是了，除非光明长时间地在你这里驻留。你做的其实只能是，让自己干净。

“真美呵，你留下来吧！”——也是一个象征。意欲占有的时候就背离了。

34

这中国过去就考状元，皇帝就让大家写诗，对不对？这西方并没有这一套，了不得不就是他们有那么点儿奖金吗？咱们现在就凑着研究西方人怎么看待中国诗，怎么写诗能够便于翻译，让西方人好懂，那我不如反了呢；我写诗就是诗自己长出来，你要我这么窝窝它，那么剪剪它，弄个盆景去参加比赛，那我参加打石头比赛去算了，到底痛快得多。

35

我不一定赞成反抗。但服从绝不是艺术。

36

本来作为古典主义的形式，它非常困难，那么仅凭着这个困难它就排斥了许多投机者；但同时呢，也造就了许多的匠人，束缚了精神。现代主义，它给精神的解放提供了宽大空间，因为它完全地解放了形式；可是要是没有精神呢，那它这解放的形式，也就成了投机者的聚集地。

37

什么是艺术？有艺术感觉的形式就是艺术。——他们就弄这种东西。因为他们有充分的经费和研究生，他们的终身职业就是制造各种说法。

……

现代艺术真是知之者知之，不知者不知。它不带有任何社会性，倒是带有密宗的性质和禅宗的性质：你自己知道，谁也不知道。

在现代艺术中间只有一个诚实，就是作者的诚实，他知道他没有胡说八道；但是他知道他说出来的和别人胡说八道出来的，看上去会是一样的。

38

艺术是灵性的，是生命的；非艺术是模仿的、非灵性非生命的，是不得已生活的。而两者可以毫不相关。生活上最失败的人，完全可能是生命至灿烂的人；而生活中看似无比成功的人，可能却是行尸走肉。

以机械的眼光看事物的表象，艺术、非艺术会是完全一样的，比如都是喝酒，或者都是月光，没什么不一样。但是曹操、李白喝酒就成了艺术，“窗前”千秋万代都“明月光”，而在某一时刻，它就成了艺术，为什么呢？原因就是有一个根本的不一样，就是有灵和没灵。

39

为什么中国有那么多人走写诗这条路？我说还就是因为这条路哇，看着是条名利之路，而它要的走路成本似乎特别低，就是那个创作材料哇，它特别简单，比画画儿简单多了，写写字嘛，谁都会。这就跟Lotto买的人特别多一样，要说打麻将赌，就还复杂了点儿。

而其实呢，诗是最难的了，难也就难在这儿，它没有技术的台阶可攀，你达则达，不达你无路可循，你此刻达，彼刻可又不一定了。这就不像画画儿了，匠人不匠人的，他上了几个台阶是几个台阶，有功力在那儿就是个依靠。

40

写诗总在神会之时，读诗又何尝不是？神会而得意，得意而忘形，是诗的至境。诗有神方为好诗，而好诗无神硬读也成滥调。因此我告诫自己，诗不要专门读，于神中会便好。

41

现在就是世界物化，人也物化，艺术也物化，评论也物化。

但是就像上帝把气吹到人身上，人就活了一样，没有这个呼吸，它就是死的。

无论你怎么研究它的鼻子、耳朵、眼睛，它没有这口气，没有呼吸，它还是死的。

那死的东西论高下的话，那也没有呼吸，那就像称石头似的，看哪个重吧。诗看它用多少手法，文看它造多少形式，那个秤呢，还是个西方秤。

42

诗人应该有清楚的自性。如果竟然以诺贝尔奖的标准为写诗的标准，那是非常荒唐的。

一朵花向春天开放，不会向总统开放。这是最简单的事情。

你把奖金和奖章放在这里，不会吸引一个小虫子；它们爬过来也会爬过去，它们沿着自己的方向前行。

……

中国现在最大的问题就是没有一个内在的精神，使它具有创造力，创造自身的道路。

43

我想咱们一个一个问题谈。你同时给我的问题太多，我就忘了。

第一个问题你是说有没有危机感？

我说一点儿都没有。为什么没有？因为我可以不写诗，我可以种二十回萝卜，直到生命结束；这跟写诗一样，可以是非常愉快的。

我写诗，更像是土地的现象，而不是人的现象；我欣悦诗的生长，也接受它的灭亡，接受灭亡之后的无限生机。所以我对历史、对文学的责任感就有些淡薄。我写过十几本诗，大部分没有发表，我也没有危机感，我的小孩儿跑来跑去，拿去扔进火里，也是个自然现象。

44

语言，你不管它，它自会变化，有时连我自己都会吃惊；如八五年那个声音意象“滴的里滴”的出现，就让我非常惊讶；“䶊有个尚大的祖国”中“䶊”的出现，对我是全然新鲜又陌生的，我并不记得它，并不认识它。

45

我反对使用语言。人有什么样的目的就有什么样的逻辑，你一定要写一首诗的时候你才面对语言。而语言自己到来的时候，你做的只是把它记录下来。灵悟到来的时候，它创造语言。

当然有时候你会碰到一些麻烦，比如我听到一个声音，在梦里——“你是一个暴行，有电的金属兰若”——“兰若”，我后来查到了这个词，它既是花名，又指寺庙；这个时候不是我确定了这个词，而是这个词到我这里来教我认识它。我原样留下这个句子，至于它有没有道理，我不以为是我可以准确回答的；我相信冥冥的震动产生万物的声音，只要在产生的一刹那是合适的，它就必有非如此不可的奥妙。

在这个意义上，我相信文章天成，人只是妙手偶得之而已；也正是在这个意义上，我说我反对使用语言。人如果不是非写诗不可的时候，你为什么要写呢？不写当然也就不用使用语言了。而到你非写不可的时候，即是语言到来的时候，哪里还有“使用”的问题呢？

要是确有强大的能量到你的生命中来，等待一个释放的形式，而语言并没有伴随而来，那就说明写诗未必是适合的形式了，也许是搬石头、种地，或者围地球绕圈儿。我们岛上很多人就是这样，有一个人坐帆船绕地球转了一圈，这是他的表达个人、平衡生命能量的方式。

写诗是人与灵的事，而非人与人的事；所以在这点上“使用语言”和“面对语言”的提法对我是没意义的。当然我早期使用过语言，在写抒情诗的时候，写《我是一个任性的孩子》的时候，特别是我对人说话的时候，我考虑到语言；那是因为我感到人是有灵的，可以用语言穿过人达到，而使人在灵下醒来。但是在我认识到灵是灵，人是人，人未必需要灵，未必需要为灵照耀的时候，我就只在意与灵相通，而不奢望与人相通了，也就是说我没有了面对人的苦恼了，我也就不存在使用语言的问题了。语言于我是自生的，像树叶一样。

46

我觉得，你的字必发自本心。那么你到底是要做一个诗人，做一个高于别人的人，你还是就是一个爱别人的人，或者是欣赏世界之美丽的人，我觉得你的文字必显示出来，你没办法作伪。所以首先要认识裁判自己，然后抉择，这对我是重要的。

诗人不是一个职位。释迦牟尼，他是王子，他去做了个乞丐，为什么？这是他的精神让他做的选择。那么写也是这样，他们被未知的力量推动，这力量是不从功利出发的；无论是对永恒的向往或对爱的向往，还是对美的感受和向往，都会成为这个力量的成分，使你不得不做这件事，形式是后来自然产生的。

47

发表就其次了，不发表就不发表吧。作品首先是写给自己的，和自己要写的。写诗的过程可以非常美丽，有这个享受就足够了；有时这个过程又充满魅惑，让你的享受也是奇异不堪，淋漓尽致，过后还浑浑噩噩，处在无处不在的暗示中间。这写的获得已经十分充分了，那发表是额外的了。

我要是为流行而写，为赶时髦而写，兴现代主义，就写现代主义，兴古诗呢，就写古诗，那我不是整个成了为功利打工了，那我还不如干点儿别的去呢，世上为功利而干的事可太多了。

这就是你要弄清你做这事的目的，办刊物全一样，是首要挣钱？是首要挣名？是不为名利就是要个自己心目中的好？想清了，就不着急了。你要是都要，呵，那样的好事不多。

48

对于我，艺术和精神同义。精神的形式即艺术，艺术即精神的形式。也就是说，是不是艺术的，就在它是不是精神的。

当然他们可以空洞地玩儿结构，摆弄形式，这跟闲来搓个麻将，吐几个烟圈大概没什么两样。如果你想叫这个是创造的话，那么很快电脑就会比你做得快得多，花样多得多。

我做的，是不是艺术，并不要紧，我是因为精神的推动才做了它。所以如果将艺术和精神分开的话，那我和艺术也就分开了；我是由于精神才偶然地被人称作在干艺术的。

这是我对艺术的理解。你可以说它很落伍，或者是错误的。

49

我说我是为精神推动的，我没说我是要实现民主的。

我要实现的只是一个个瞬间中真实的生活。

“民主”在这里说的时候，只是一个口号，一个说法罢了；推动它的是什么才是实质的。

就像看似不同的事物其实是同一个事物一样，看似同一个事物其实也会是根本不同的事物。

心里有着强烈的感觉，把它落在字上，然后叫它诗，落在线或颜色上，然后叫它画儿。叫什么是无所谓的，而它们是你心里的感觉，这才是实质。

同样，都给叫成诗的东西，却很可能根本是两样东西，比如一个是精神，一个是功利。而“诗”在这时不过是个借口而已。

50

所以我相信，要是做这个事情的话，那就非得有那样一个精神力量不可。要不然你就会陷在字词的定义里，那你还写它干嘛?

诗的语言的核心，一定是自如的，坦然和无牵无挂的。我们不知道什么是诗，但是知道什么不是诗；那有牵有挂的都不是诗。

诗，其实虽说是毫无用处的，但是它表现了人的精神的哪一点哪，就是精神的自然，人性的自然。这一点儿不是骄傲，就跟你放一亿块钱这小虫子也不过来一样，诗显示的就是这样的自然。

51

一般的人喜欢本末倒置，他们想了解诗不是去读诗，而是首先去注意文学史、注意世界对于艺术的论述，或者想写诗也是这样，不是首先因为一个感受，而是因为文坛因为荣耀，但是这都是诗以后的事，诗以外的事，和诗没有关系。

我有一点是相信的，人类精神它是一个看不见的大树，长出了这些叶子，惠特曼、弗洛斯特、洛尔迦，他们都是从这个我们看不见的大树里长出来的。如果你从树的内部看他们，他们是一个，是一个共同精神和生命的花朵。只要你从内部感觉他们，是很容易明白的。而你要是从外部看，他们是太不一样了。你不能说这个对，那个对，这样长了对还是这样短了对，这是没道理的。

52

事情都是纯白的
向前走把墙推开——
形式不是灵魂的道路，而是它留下的脚印。

53

诗是树叶，比秋天短，比世界长。

54

国家对诗的态度对你有影响吗？

诗的本质是爱情，国家的本质是非爱情，所以诗和国家没有什么关系。诗自己生长着，不会关心任何国家的或者非国家的态度。

你对当代西方诗歌的看法?

我以为诗是最为以语言体现的。越是纯诗其语言的一次性便越是绝对，字字不可替不可动。所以经过翻译的诗恐怕就不能算作那首诗了。我不相信我能够借助翻译文字来贴切、自如地感觉原诗。所以我不敢谈看法。尽管我还是常看翻译诗歌的。我尊敬翻译家的工作，有的时候他们也是诗人。

可以请你谈谈瑞典么?

瑞典人很谦虚，他们说：他们去找岛但是只找到一个半岛。

我想找到岛的人是有翅膀的。这样说并不是说瑞典人没有翅膀，他们飞到斯堪的那维亚时，一定感到了超出任何想象中岛屿的美丽。

在艺术中我觉得生活并不重要，在新鲜的生活中我又会感到诗并不重要。

两千年前中国人去寻找岛屿，没有回来，剩下的人不再去了。我是剩下来的人的子孙。

什么对于诗最重要?

真。诚实。刚才我说对一个人是真实的，对所有人也就会是真实的。而你作假，到哪里也变不成真的。写诗有这一条就够了。

55

为艺术成长和艺术家的创作争取好的条件，我是完全完全赞同的。但同时呢，也该清楚这个时候是将艺术当作了功利物的，就是说从功利角度看待，以为它对社会有用，那么社会就该为它付出，这个付出是值得的。艺术能够有用，是好事，但是那并不是一个艺术中的事，那是艺术以后的事、艺术以外的事。

我觉得一个艺术家做艺术是不可避免的。就像一棵树，它就要这样长一样。它是一只天鹅它在鸭子中也要长成天鹅。这都是命里注定的事。不论它有用没用，被评为艺术还是不是，是丑小鸭还是不是，它都要这样长；你说那我砍了你，或者我饿死你，它仍然没有办法，它还是要这样长。

在我们常说的中国文化史上这样的现象也无处不在，比如小说，比如乐曲，都被认为不是艺术过；被认为不够高级，被认为不登大雅之堂。但是很多年以后，人们发现它们是艺术极品。所以是花儿的话在树林里或者在殿堂之上都会开放，开放是它自身的事，开得好不好，充分不充分，或者夭折了，那个遗憾是开放以外的事，是我们希望看到一朵完美开放的花儿的时候的事。

作为我，我是什么就是什么，这一点是首先的，也是全部的。如果之后还能有什么好处，不论对人的，还是对己的，那是意外之喜，额外之喜。

56

一个作品，如果倾向表述，它就倾向哲学，如果倾向表达，它就倾向艺术，如果它意在给予，它就倾向宗教，如果它心在获取，它就倾向政治。

哲学是无神的，无论怎么唯心唯灵，老子苏格拉底尼采莫不如此；而艺术是有神的，无论怎么唯物唯利，金瓶梅巴尔扎克后现代全都一样。

完美的哲学和艺术一概达到了“给予”的宗教境界，却不是宗教，因为它从一开始就不抱这个初衷，它干干净净，就像光没有黑暗，所达即至境，宗教也难以企及。

宗教秉持“给予”的理念，便常与“获取”遭遇，反而必须时时挣扎，以免落入政治式的黑暗。

“你的眼睛是晴空的颜色……”“黑夜给了我黑色的眼

睛……”——前者是哲学是艺术，后者更像是宗教，而政治则是全然黑暗的建设。

57

真性情之下，他乐意玩儿旧的形式，那是爱好所在，创造新的形式是愿望所在，内在力量的推动，这两者“守旧”或“创新”没有区别。区别在于什么呢，在于你是不是真性情。

你不是真性情，也就是没有这个精神，这时候，你不得不靠一些外在的形式来弥补。这个时候呢，艺术无论采取什么样新的形式，它本身都是脆弱的，因为它是虚伪的。艺术关键不在前边的形式是怎么个样子，而在于你作为创作者在那一刹那，那个灵性的真切——你是不是真的。艺术家要说诚实的话，就是这个诚实。

现在这个世界呢，它失了性情，它就往往比较在乎形式——外在的东西，它拿这个填补，骗骗自己，甚至自鸣得意地说形式可以产生出精神的结果来。好像我们要去制造精神，好像精神是可制造的。精神它永远只是创造者而绝不会是产品。

58

中国说心领神会，它干脆就不指望言传了。

一种懂是脑子懂。一种懂是心懂。一种懂是血液里的懂。还有一种是神通。诗一定是要求最后一点的。那就是灵感到来的时候。一个明亮的灵感到来，顿时天通地通，疑问全消，万象清清楚楚。

59

诗的语言来自一个看不见的地方，带给了我们那个看不见的地方的信息，就像一块陨石从天外落进来，我们觉得奇怪，但它又是真实的。

60

在语言停止的地方，诗前进了；在生命停止的地方，灵魂前进了；在玫瑰停止的地方，芬芳前进了。

（1984 年）

61

现在我们一谈论诗，大家就开始说语言、结构、这个那个的主义。如果我说那个看不到的东西，那个产生诗的东西——生命以及精神，人们就说这是个古老的思考了。

昨天开完会，大家有余兴就谈到了这些，到底什么是诗，到底什么产生了诗，或者说我们用什么来判断诗之为诗。

62

我现在可以扼要地说，我觉得诗就是呼吸；就是说诗有呼吸方为诗，而且诗有呼吸即为诗。没有呼吸人就是死人，有了这个呼吸，人就是活的。《圣经》上说上帝把这个呼吸放在人身上，吹了一口气，人就活了，获得了生命；语言也是这样，你有一个呼吸，一个精神，你把灵感放在字里，字就活了，诗也由此获得了一个统一的生命；它不仅可以在世界上有它的生活，而且它可以不断地繁衍子孙。

63

我说的呼吸并不是一个神话。我们看不见呼吸，我们看见的是鼻子、眼睛；我们看见文字，看见韵律，看见那些词语的变幻，于是我们研究这些东西。但必须知道，这不是诗的全部，甚至不是诗的实质；实质我们看不见，但是使诗成长；实质就是呼吸。人活一口气，诗也一样。

64

诗所显示的事物，西方有个说法，说是在两行诗之间。

实际上一切都来自于我们来说的“未知”，也就是于我们来说的“无”；它们到来了，成为“有”，可视可感，但是它来自“无”，它也继续显示着“无”。

我们说的“呼吸”“气”，或是“冥冥”，它跟“无”是一体的，是我们看不见的，但是它创造了所有可见的形式，并赋予这些形式以生命，使它们可以突发前所未有的行动。而这种令人惊讶的变幻，也正显示了推动它的那巨大“无形”的能量。

我们可以把它叫作“神明”，也可以叫作“气”，也可以叫作“冥冥”，也可以叫它“天”。我选择了“冥冥”，是因为它更强调了那个“无形”对于人类来说的未知性质。

一个诗人要是不承认这个“无形”的话，认为诗经过研讨，就会总结出个最佳创作法，那么就差不多是将写诗视同于流水线制造了。这样“创作”出来的诗估计会很像电脑产品，或者说这个作者已经“进化”得像是机器人了。

65

有名天地始，无名天地母。这个“未知”无形无名，是万物之母，也是文化之母。万物产生，有了分别，有了名称，有了概念；这个时候文化产生了，文化人也就产生了；人也就从和万物浑然为一的自然生命中分离了出来，有如杯子和水的分别，它们成了两个事物。水可以被注入也可以被倒出，不再像自然状态中那样——生命和它的形式浑然不分。

我们可以用水果来比喻自然的生命，一个果子中的水是不会因为倾翻而泼洒出来的；人在同花、鸟、树木、走兽一样不会思想时，那么他的生命之水即他的本身，不会因为震荡离你而去；当人开始了思想，这个时候，生命之水——精神，就会到来注入，也会离去。

人思想使人同万物分离，分离又加强人的思想，思想更强化分离……这个过程中，人关于“人”的概念就强调到了极致，而人的生命之水也析出到了极致，也就是说杯子和水分离到了极致。我这里说的“杯子”大体等于“人”的概念，即人之为人的概念，而“生命之水”大体等于人的精神。

从众生中分离出的精神——生命之水，会由于不断积聚，而在某一时刻突然到来，注满一个个的杯子，又漾溢出来，在整个范围里产生一种生命的运动，这时就会出现艺术的创造；革命、爱情都会成为一种显现形式。它到来的时候，没有了杯子和泥土（生命的沉淀物，所谓行尸走肉的部分）——

它们都淹没了，沉到下面没了踪影；只有强烈的精神的光亮——强烈的生命的运动。

它到来也会离去，在精神——生命之水离去的时候，只剩下了杯子，或者还有泥土，一切都空空如也，“空心人”“生命中不能承受之轻”，这些现代人的哀怨都是这时的情形。包括中国目前的这种无名的躁动。

66

希腊人写作认为是神灵附体——灵感。《圣经》也是说上帝通过人的手写东西。我想这是一个说法，像我感受的——人是一个导体，在神灵通过时放出光芒。

67

我写诗，如果说是为了什么的话，大约就是为了一个真实的生活；平常我不像是活的，缺乏一种真实的感觉；诗的到来使我快乐，使我震撼甚至恐惧，总之进入一个真实。

而从诗方面讲，它就像花要长大，要开花，要结籽一样，完全是由它自身的基因决定的，只要有机会，它就要长，跟为谁毫无关系。

68

我觉得语言是一种气息，而不在文字语法上的关系，也不在词汇。词汇可能用任何词汇，结构也可以用任何结构，甚或可以自造。我现在造字还不敢呵，但是呢，有时候会造出一个词来，我在字典上追索它的合理性，找不到就放弃了。我在梦里听见整个的这么一句话："你是一个暴行／有电的金属兰若／它迫你走纯洁之路／所以诗是纯洁的"。其中"兰若"不解，但是梦里听得清楚，我感觉它的确是有意味的。我就去查，意兰花、杜若，两种草的合称，又是佛语中的庙宇。我不求透解，知它来自梦。

我的词汇和句法，有一个来源就是我的梦。我梦中听到的声音，我有时记下来；字的选择有时不用想，有时需要想明白，再翻译成字；有的直接就是诗；如果写的话，那必是在一种心境下，在一种特殊的呼吸、特殊的气息之下。一些话都是很平常的，像："是早晨都有的冰雪／一共四个／他总是靠边骑车／小孩跟着攘一大块土／路就成了"，这本身好像有些超现实的意象，但是话都是最最平常的北京话，可这些平常话这时出来，就都让我感到新鲜。

我比较喜欢老子那句话：多言数穷，不如守中。就是你向外执求的时候，几乎什么都不能帮助你。我呢，心性到的时候，有时候也找一些新词，它是一种变戏法游戏式的，一会儿变出一个这样的，一会儿又变出个那样的。但是我知道，我要的东西，根本上的，不是这个词汇，而是这些字生长出来时的气息。它使我回归本源，就是“清水出芙蓉，天然去雕饰”。在这样的时刻我获得喜悦和安慰。

所以我现在也做一点儿语言上的事。基于我从小听、说，直至进入思想、感觉里的北京话，很多现在的摩登语言、外国语言，对我都成为不重要的了。对我重要的是能使我自由呼吸的、能使我表达我的哭声的那种语言。

他们看了些我最近的诗，说没法翻译，比方说这个“猫”字，它一会儿变成了叫声“喵”，后来又变成了瞄准的“瞄”。这中间有一个声音的通感，字只是换了个偏旁，这种变幻像是同一个精灵它换了换外衣，它的几度出现像有一种魔性，有一种暗示和提醒的意味。这种表达除了使用中文没有第二个办法，外文没有办法。

中国古代做一些文字游戏，像回文诗什么的，那都没法译成外文。像我写的一首诗《大清》，你可以有一千个读法，那往外文译几乎是不可能的。

69

他们相当大一部分人的想法，说是应该融入主流社会，就是说西方或者说世界有一个主流社会，或者是主流价值观，有一个世界文学，我们应该融进去。具体些呢，就是以现代世界文化的评判标准来作为我们艺术创作的标准，比如你写诗，什么是诗？你写的像不像诗？要拿这个标准量一量，或者参照这个标准，确定诗往哪个方向写。

那么作为我，我觉得我写诗根本不关这些标准的事儿，我写诗就是我心里有个声音要出来。苏东坡写水时说，这水或从地下来，或从高山来，或遇大川合，或入窄道急——萦林络石隐复见，下赴谷口为奔川；川平山开林麓断，小桥野店依山前——碰上没路了呢，那四处都堵着呢，就停下来不走了。我觉得写作就是这样一个自然的事情。你心里有情感之水、生命之水，它要流淌，就这么简单。我早的时候，没有人听我说话，那么我这个水是不流动的，我对自己说话，对鸟对鱼对小虫子，对它们说话。到可以发表诗的时候，一九七九年起吧，我就开始对人说话，这时水就流动起来。我到了岛上，水又静了下来。

其实到了一九八四、八五年以后，我就不太想对人说话了，这个水就流动得缓慢曲折起来。

70

I：现在研究中国文学，比较一致地把中国文学分成三个部分，一个是中国官方的，一个是中国地下的，一个是海外流亡的，你是不是同意这样分？

我觉得从外形上来分类事物对了解事物的内涵有什么帮助还要一个个具体地来看。诗一看有长有短，那么就长的一类，短的一类；一看写的人有的在国内有的在国外，就国内的一类，国外的一类；有的诗发表了，有的没发表，就发表的一类，没发表的一类。但是文学本身、诗本身、精神本身，它并不是能用它的外形或外在际遇简单地说明的。水你给它倒进杯子里和倒进碗里，你不能说它不一样，盐水和糖水你给都倒到杯子里也不能说它们就一样。说到你说的这个分法，你说像崔健的创作它是官方的，还是地下的？都不是。还有像王朔。他们表现了一种精神，一种反抗的对世界不认同的独立态度，跟海外的这种在政治上谴责中国，而在自身的精神上依附世界的状态比，你不能说前者更接近中国共产党而后者更远离中国共产党。如果返回到早些时候，返回到“文化革命”刚结束的时候，这样分类应该说还算比较符合实际。我想你如果真想知道，就不会对这种分类方式多么有兴趣，你就会切实地去感受每一个作品，感受它的世界观，它的精神，然后也许你会发现可以有个分类也未必。

71

我相信人的真实的心灵。至于大同世界和净土，我是想过的，但是人类如果能实现这样的净土应该早就实现了。人性决定了人的命运——人性大概不是那么高的，就像它也不是那么低的一样。

艺术创作是天赐的，谁也夺不走；只有保存和发表是需要社会环境的。

艺术创作的自由仅仅依赖社会环境我是不以为然的，再好的环境，没有一个自由的灵魂的话，你的创作还照样被制约着，比方说被名利制约，想会不会亏了时间和钱赚不回来呀，会不会不被赞美而没面子呀，会不会拿不到奖呀，竞争不过别人呀，诸如此类。从这个意义上讲，在自由环境中创作的艺术家，并不比在严酷的政治环境中创作的艺术家更自由，灵感绝不会因为你在好的环境中而青睐你。只有发表的条件是不同的。如果说到人身自由，那就是另个问题了。而说艺术创造的话，没有人身自由的人，也是一样会有自由的灵魂和自由的创造力的。只是个传播的问题，那是另个问题。

我所理解的自由的气氛，不仅仅是容忍每一个人去追求安适的生活，而且包括容忍坚持独立的理想和独一无二的灵魂，在这一点上，民主不一定是正确的道路，更不会是唯一的道路。

72

××：

按理我不该写这封信，一则在岛上住久了，不明世事，二则我也有点知命，不太信选择之类。但出来转圈看了今日《Today》，又念起昨日《今天》，竟不由有些不忍，既不忍又赶上你让我说，我便说了，这也是命里的事吧。

《Today》有不少好作品，像《烤肉周》《今天昨天，昨天今天》《胡同》等等，但是有一个总倾向，就是“太专业”，花果山变成了炼丹炉，一篇篇越看越像博士论文。我这里还不是指术语的用量，尤其指那种流行的批评方式。批评尽管批评，但视其为艺术创作的标准和原则，我就大大地怀疑了。好像许多文章都在构造攀登世界文坛的阶梯，用“定位”来“思”我们的“困境”，从而如何……这种想法真让人难过，且不说有没有什么世界文坛水准，仅创作变成一种考“状元”的活动，就足够令人伤心了。

我以为艺术美丑都是自然生成的。一棵树或一只鸟也许毫无“艺术价值”，但它们至少有一个品性，就是不为功名所动。一个乌龟对它是不是被摆在寺庙里毫无兴趣，一个美人天生丽质也不一定非得进宫。

这现代批评愈发“专门”，很像是耳鼻喉科，不在哪毕业就很难入其门；一旦入门就各归其类，对五官的位置及其关系大加研究，也不管是不是个活物。上天把气吹进人，人才活了，艺术也是如此，它有一个呼吸。现在的人都实在了，对看不见的东西敬而远之，说不清，就言不为力怪鬼神，就好像关上窗子看树在春风中摇动、变绿，说树是怎么怎么晃就绿了，而不去感觉风。这真是个安全可靠的方法，但对于创作并不适用。诗是自然生成的花，更是春天的旅程，旅程中处处生花。言色不言空——是悟到了色即空，还是无可奈何，或一叶障目，或难得糊涂，我就弄不清了。

你说“写本身就是献身”，我同意，又不敢全部同意，因为今天写和当年《今天》写已有很大不同，我们说这话时就在去参加酒会的路上，而不是去公安局报到。因宿命而写这无可非议，也无可抱怨；但既然有了抱怨声，我就不免想到因写而可能导致的各种好处。

我这样说并不是指哪个人，这话也是对我自己说的。我去小岛上养鸡种地，某种意义上也是正正本心。“不识本心，学法无益”，既爱艺术、爱活、喜欢纯粹，就应从根儿上纯起，无树无台，也就无有尘埃了。

我们最后谈到精神，我说一切艺术都是精神创造的；你说：现在世界上没有什么精神了。我承认。但世上稀有并不等于我们没有，更不应是我们没有精神和排斥精神的理由。我以为如果真有身不由己的“献身”，那是精神的驱动。过去《今天》没有今天《Today》这么有知识，但至今我仍感真切，在那个小屋里坐着，看几行字，我感到的是精神，那么破的屋子，那么坏的纸，那么可爱的人。可以说我此刻仍坐在那个七十六号刘青的小屋里，仍一无所知，但我不得不努力地说一句：让我们来吧，像过去那样吃一锅面条，还像过去那样笑、谈，说外国文学。

我们都知道我们为什么在一起。

在没有自由的时候，我们获得了精神；在没有精神的年代，起码我们保存了真诚。真的，因为已经有人在远远地说了：

高尚是卑鄙者的通行证

卑鄙是高尚者的墓志铭

1992年6月12日

阿姆斯特丹

73

（读）“园中莫种树，种树四时愁，独睡南窗月，今秋似去秋。”

这诗的声音很安定，静，不慌乱。感觉得到，他已经知道了。知道了，人才能这样说话，才有这样的声音。这基本是个道理诗哈，但是它是通过意象表现出来的。

“园中莫种树”，像是个劝诫哈，谁劝谁不管，两边都没人，空谷之音。

“种树四时愁”，这说了句道理，是承接上句话的。

“独睡南窗月”，到这转啦，他出来啦，这时你才发现他是自己对自己说话呢。妙在哪呀，哎，只有一个单独的睡，几乎是一个虚幻，一个精神游荡在那里。这个声音也很漂亮，和这个意象呵，好像是整个睡到南窗的月亮里边去了，既是人间又是天上，又很平常。

“今秋似去秋”，他看这个世界就是这样，没有时间；你知道“年年岁岁花相似”吧，就是这个意思。

他这个“树”不“树”的，有个凋谢的意思，要不为什么后来接个“秋”呢？你一旦种树，就有花开叶落，就有生长衰亡，就有了“四时”，你就要愁，是不是？原来我也愁，我守着花，花就谢了。你跟春天在一起就一直生长，你跟秋天在一起就一直凋谢。你如果跟宇宙万物四季在一起，就一直是有谢也有长，生生不尽。

这“秋”跟“月”也有关系，因为中国的诗境是，月亮在秋天是最明的。

这末句就“合”了。四句，起承转合，这诗还是挺典型的中国诗，无论取形还是取意。

74

树枝想去撕裂天空，

却只戳了几个微小的窟窿，

它透出天外的光亮，

人们把它叫作月亮和星星。

——《星月的由来》（1968 年）

我失去了一只臂膀，

就睁开了一只眼睛。

——《杨树》（1964 年）

75

陶瓶说，我价值一千把铁锤

铁锤说，我打碎了一百个陶瓶

匠人说，我做了一千把铁锤

伟人说，我杀了一百个匠人

铁锤说，我还打死了一个伟人

陶瓶说，我现在就装着那个伟人的骨灰

——《实话》

76

死亡是一个小小的手术

只切除了生命

甚至不留下伤口

手术后的人都异常平静

——《旗帜》（1982年）

77

每个人都有自己微小的命运

如同黄昏的脸

如同草菊的光在暗影中晃动

——《封页》（1984年）

78

《颂歌世界》是我对我的一个回忆。我现在倒着慢慢想我过去的生活，这样一点点就走到我的童年去了。当我走过去时，我看见我是一个样子；走回来时是另一个样子。

我觉得我经历的事情，结婚、上学、“文化革命”，这些重大的事情都不存在，存在的是一些细微的跟我的生命感知有关的事物——我和另一个男孩儿把树枝往水里插，不断要把它插下去，插到水底下，然后树枝忽然漂走了，我们看见了第一个死人；我往王府井走，一个胡同口写着“革命胡同”；一个两个孩子说有人藏在我们屋子后边的芦苇丛里，拿一把刀……这个时候，事物整个变得奇异起来，发出一种光芒，好像地震时发出的光芒。

然后经过好多阴暗的绵绵下雨的日子，我感觉这个光芒并没有消失，它变成一些粉末，粘在很多微小的事物上，我也是这些事物之一；就好像忽然拉开抽屉，看见童年的铅笔、子弹壳、小图章，而所谓的信仰、爱情，也不过是这很多粘着淡淡光芒的事物中的一个。这时我才知道，一个事物没有消失，是因为它是跟我的生命在一起的。

我每次读自己的时候，都像读一本新书。这时我觉得我并不是从过去来的，我像光芒一样，过去也是将来，像光芒的道路一样，将来和过去是无数的。也就在这时我忽然穿过了童年的这段白蒙蒙的烟雾，到达了另外一个事物——我写了《颂歌世界》后来我给排在头一首的这个《是树木游泳的力量》，在云南写的：是树木游泳的力量 / 使鸟保持它的航程 / 使它想起潮水的声音 / 鸟在空中说话 / 它说：中午 / 它说：树冠的年龄 / 芳香覆盖我们全身 / 长长清凉的手臂越过内心 / 我们在风中游泳 / 寂静成型 / 我们看不见最初的日子 / 最初，只有爱情

——我们不知不觉就获得了我们的思想和形体，就像鸟在空中忽然获得了它的形体一样："在风中游泳"，"寂静成型"，"我们看不见最初的日子"——不管我们怎样向前飞，我们都飞不到最初的日子；而后我们说：最初只有爱情。

确实最初只有爱情——只有人和万物的美丽的联系。只是后来人们给忘了，就变得孤苦无告。所以我觉得整个的《颂歌世界》已经不是像我以前那样述说愁苦了；没有愁苦，只有这个秘密的爱情，这个光芒的粉末显示出的这个过程。

我觉得诗在某种意义上是一个回忆，那些细微的光芒附着在不同的小小事物上，就构成了不同的回忆；我们因此想起遗忘了的事情，被死亡和诞生切断了的事情。诗中好多超现实的意象，被认为是不存在的，但为什么让你感到真实呢？秘密就在这儿——这个真实的记忆，一直在你的生命里，一

个词一个字，都可以帮你想起它来；就像一把偶然的钥匙帮你打开了一片天空一样，你一下看到了那个熟识已久而全然忘却了的全新的光明。

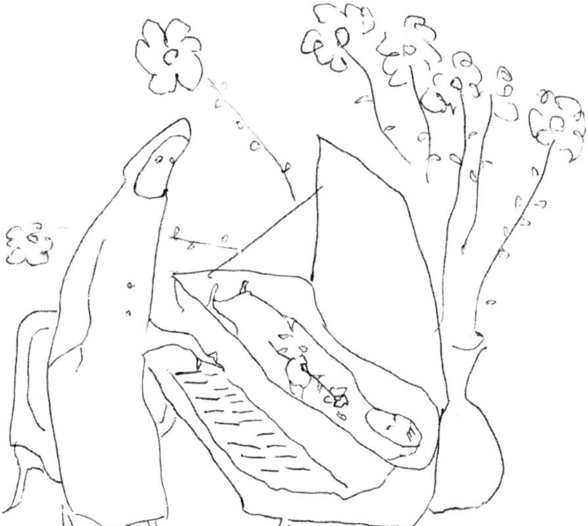

中
Chinese and Western
西

1

问：请你谈谈关于西方人和东方人、西方文化和东方文化的区别。

这像个很大的题目，大学也设有专门学科。以我不专业的感受，它们的区别在于，东方讲天，西方讲人。中国哲学是一元的万物浑然一体的哲学，三千年不变；而西方哲学则强调灵魂与肉体、精神与现实的冲突，是二元的演进的哲学。

中国是个过于明白的民族，从老子说“天地不仁，以万物为刍狗”起，他们就意识到了宇宙和他们没有情意上的联系，人不过是宇宙中的偶然现象，无限渺小，知与不知并无异样，结论早就有了，剩下的事只是处理人间的这一小段生活而已，是相互厮杀还是保持平定，有人操心将小人间安稳地保持延续下去，有人则独善其身或依从个性，当然也有人胡作非为，强中更有强中手。他们从不期待这个世界以外的事情。

西方有宗教，将人安排在一个故事中间，有大胡子的宙斯、上帝，有比所有妈妈都慈爱的圣母，大家都像好孩子、坏孩子一样地吵架、打杀、相爱，但始终被上天关注着，最后还有末日审判。尽管也有希腊人、现代人立足在这个故事外边，惊奇或者庄重地触摸万物，他们也许也看到了宇宙，但他们那种认真的期望和绝望，却是西方特有的。

问：我们欧洲有现代派文学，那么有人说中国现在也在产生现代派文学。在欧洲现代派文学的出现可以说是突然没有什么上帝了，大家都很痛苦，企图在艺术上找到新的出路。中国有没有像西方这样？毛主席死了，有一种很大的失落？

无论是“上帝死了”这样一个基督教文化的崩溃，还是中国伦理学本身腐朽窒息导致的厌倦，都反映在了与传统文化的冲突上。不同是，外国现代派不管他怎么反对或者嘲笑神学，但他还是有一个神学在，不管说“上帝死了”还是“上帝从不存在”，他始终在说这个事，那种没有上帝之后的难受感摆脱不去；有的人转向东方，想在那一宁静、客观的带有宇宙意识的精神下求得帮助。但是他们的这个缺憾是他们对彼岸的期盼造成的，他们像孩子需要父母一样，需要一个对他们的行为既高高在上又有情有意的真切关注，需要一个对结果的保证，而中国却是此岸即彼岸，那么对于他们的期盼是不是打击更多就难说了。

当然中国新近接受了很多西方学说，产生了对传统意识的冲击，甚至产生出了希望。可是这种希望的产生，不是基于一个像是孩子失去了父母这样的深刻的缺憾感，这样一个痛苦，而是基于一种对两千多年来的封建气息伦理规范的厌倦；它是出于这个厌倦，好像并不是在寻找什么，而仅仅是一个情不自禁，它要对巨大的沉闷发出呼喊。

这是我的感觉。它们不太一样。

问：你现在怎样描述当代中国或者当代中国文学的特点？

没有比回答对当代的看法更困难的问题了，我想。中国有句话说：不识庐山真面目，只缘身在此山中。我不敢说我不是此山中人，那么我对此山能看见多少？不过发生了变化是显然的，这种变化有人认为是一种混乱，有人认为是一个希望。作为我个人来讲，有些东西实在不是我喜欢和能理解的。

我喜欢一种宁静的，属于人本身、自然本身的东西，而不是那种喧嚣的，带有人世扩张的、征服性的东西。

我觉得一个胜利者，一个成功的统治者，在某种意义上是个失败者，因为他服从了统治和获取成功的规律。

2

高尔登：你刚才说过的这个诗，“没有目的，在蓝天中荡漾，让阳光的瀑布，洗黑我的皮肤”，这个真是很好。这个“没有目的”很特别。

其实“没有目的”在东方是很自然的。而在西方往往就成了，先通过理性认识到“没有目的”，再来设计“没有目的”

的状态，然后再照那个样子做，成这么个硬性东西；这时他们心里还会老觉着缺少一个事物，就像“等待戈多”那样。

他们也知道无论是一个艺术还是一个生命，没有目的；但是老得做多一个样子。他们好像没有上帝就有点儿难受。

东方很自然，老子说“淡若海，漂无所止”——淡得像海那样漂无所止——中国人很早就接受了。也许因为没有上帝，所以对这个状态接受得很自然。剩下的就是生命本身的能量和愿望推动你做事情：喜欢目的的人在这个范围内设立目的，喜欢闹的人闹，希望有序的人建立秩序。而这又都只是“漂无所止”中间的一段“漂”而已。

3

问：西方人对现实社会反抗提出了一个口号叫实现自我，你觉得这同中国的魏晋风度有什么大的不同吗？

我觉得最大的不同，就在中国那个自我它是归于“无”的，“无”是无限，而“有”不过是姑且有之的幻影。那么这样一来，人的生活倒变得特别的自如美丽了。就像你说你父亲一直挨斗，但是忽然有一天他跟你一起钓鱼，那这一天是特别美丽的。这就是“万古长空”和“一朝风月”。它实现自我、获得自由是在这个背景下的——因为什么都没有，所以我什么都有——我在天上是鸟，落到水里是鱼，扔到地上是蘑菇，随便你，我自由自在，飞我爱怎么飞怎么飞，游我爱怎么游怎么游——为什么？就因为我什么都没有，我什么都不要，那么“有”也就是无限的。

这是生命的自由。生命的自由在一个个灵动闪耀的瞬间——如果你此刻不是，你就不是；如果你此刻是，那就是——所以中国说“立地成佛”。

而西方呢，它就造出这么一个距离，造出一个因果论在这中间。他把“有”作为尺度，他要把他未知的东西，他失去的东西，他感觉不完满的东西全都找出来，归为“有”，把万物全归为我；《圣经》上就有这句话，他说“上帝把世界交给了人”——上帝什么时候把世界交给过人了？——人不过是世界万物中间的景象之一而已。

所以它这概念里边就完全不一样了。根就在于西方他一定要有“我”，一定要“存在”，他这一下就执着失之了；“失”了呢，就得永远找下去了。这倒也不失为一个美丽的游戏。他永远找，永远痛苦；我甚至怀疑他们爱的就是这痛苦，而不是那自由了；希腊悲剧就是很明显的一个例子。

中国那自我呢，就是它的自性，此刻就是全部，它不找。西方的此刻永远是残缺的，自我永远是没实现的，找就成了无休止的；呵——追赶自己的影子，逃离自己的脚印。中国它不追也不逃。

4

中国现在学会了“个人主义”，然后个人主义好像就是个人享乐，以为这就是学到了西方；而对西方人的自我负责态度却没有兴趣。北京话说“有便宜不占王八蛋”，就是“人不为己，天诛地灭”，是十分实利的机会主义的。

中国哲学从来是随机应变的，禅宗也是高级的是一种美，低级的就很可怕了。

5

民主首先不是逻辑推理推出来的，也不是一个制度规定出来的，它首先在于你每一个倡导的人，你自己是不是真心地相信和向往，是不是喜欢做一个普通的独立的人，不仰仗人，也不欺压人，自我负责，永远不想凌驾于人上；如果不是这样，一旦有了权力，就抓着不放，就要对人炫耀；那么以最精美的理论设计出最完善的民主制度也还是没用。这个，海外“民运”就是一个很好的测试场，理论也有了，制度也有了，可是为什么倡导民主的人在一起都还是不能民主呢？于是分裂，于是另立，不是因为主义不同，主义说起来都一样。结果另立的也不能民主。

西方有这个精神，他们建立一个国家，然后自己离开；甘地也是这样。

人生价值就在于做人上人——中国历史就是这么过来的。要想民主就得首先改变了这个。甘地，他光着脚，吃着粗粮，在人下人的贫贱村庄之间走；他什么也不要，坐牢不沮丧，成功不得意，直到挨了一枪。朱光潜说的那句“以无为之心”的话很好，就是以什么都不图的心做事，才能做得公正，才能得人信服，也才能靠向民主。

6

曹操说如果他不当皇帝，那就太多的人要争当皇帝了。这是中国人的一个心态：如果我没机会当皇帝，我一定努力当上等人；有机会当皇帝，那一定当。

民国初年，中国也开始过议会制，可是据说每个议员都被收买了。鲁迅当时还说，人民骂议员是没道理的，因为人民自己和他们一样是可以被收买的。这不是制度问题，制度规定不可以被收买，没用，所以是人的问题，就是鲁迅说的国民性的问题。鲁迅想过了，但是也没办法，中国人太彻底了。

西方人讲的是人的精神和社会现实的冲突；中国人讲的就是：人就是泥土，要不然就是天空；不是如天观世，就是随波逐流。西方哲学中的进化论这一支中国人好领会，就是弱肉强食，成王败寇，人间正道是沧桑。奈何不得。

7

以我的感觉，东西方艺术的哲学起点就完全不同。

西方的神灵像太阳样的强烈，你看从阿波罗，雅典娜，宙斯直到上帝，都是光芒四射的；而所有的生命和生命创造的艺术，所谓永恒的忧郁呵，则一概趋向这个光芒，很有点儿像那个（笑）“葵花朵朵向太阳”。就是它有一个精神核心，这个核心虽说在物质世界中是确定不出的，但在精神中间，它却是以“实有”为形态的。这就诞生了西方的宗教、人文主义以及派生于此的艺术。

那么中国作为东方的传统呢，它的人文背景不是实有而是虚无，它的哲学不是叫你寻找“有”，而是让你看清所有你以为“有”的事物中间的“无”。那么我们看中国画，它在大片大片的空白中若有若无地显现出一点蜻蜓、花鸟、山水、人物，微弱且虚幻；那么中国的灵性呢，就产生在这样的背景下——我们看这只来自空白的鸟，它是画家看见的，所以显现出来，它也是画家自己，所以他能看见。这便是灵。

中国的“神”，是一个虚无，是一个太极或者无限的事物，就如同这样的一个空白，但是这个空白它幻化万物。万物通过灵，就是生命，东方式的生命，而复又显现这个空白，这个幻化万物的终极。

一个鸟在空白中飞，这就构成了“有”和“无”的一个和谐。

这只鸟飞向什么地方是没有一定的，这就是它的空灵。

它不像西方有一个强烈的“有”的核心。如果它“有”的话，那不过是一只自由飞翔的鸟，从虚无飞向虚无。

这个飞翔便是“有”，而体现这个飞翔的背景是“无”。

就是说，所谓“有”，不过是姑且有之而已；而“无”，也不是一片空无。

8

我看见了东方漫长的历史，非常古老的美丽的可敬的历史，我看见青铜器上的花纹，上边有一个个圆圆的眼睛，像婴儿一样圆圆地睁着，看着世界，他们对世界感到惊讶；我看到很多古代的最早的文化，它们中间都有这样圆圆的眼睛，惊讶地看着世界，像刚出生的孩子。但是很快，他们的表情改变了，在希腊雕塑中间也可以看得很明显，我在大英博物馆，在罗浮宫，前不久刚刚看了那些希腊雕塑，最早他们对世界也有这样一个表情——希望，接着他们好像知道了一点儿，他们开始笑，但是很快耶稣出现了——痛苦，很快现代主义出现了——绝望。

这好像有一个非常奇怪的顺序，西方一步一步地由惊讶到痛苦到绝望，中国这个过程在哪里，它非常短，它由惊讶很快就不惊讶了。我们可以看见佛像的眼睛，他什么都知道，他不惊讶。老子说：天地不仁，以万物为刍狗。很清楚，在两千多年前，甚至在三千年前，中国人就知道了，宇宙是荒凉的，天地有一个规律，天道无情，人不过是它中间的极其细微的一小部分，甚至作为整个无限的存在来讲，天地时间也是微不足道的一个小部分，没有任何价值可言。那么在这个人来到的世界上，在这个不由自主存在的瞬间，他们做些什么呢？古老寂静的中国人有的什么都不做，无为；有的什么都可以做，无不为；有的他们在幻想另一些事情。

9

西方的“自然”和东方哲学意义上的“自然”是有区别的。我们中国人现在似乎也接受了这样的看法，自然就是树林，就是自然界，花鸟虫鱼、风花雪月，这个是自然；我们人则是另外一部分，是属于社会的。这个看法呢，就是把这个事物分割开来看了，是西方式的。《圣经》便是将人同万物自然分开的，说上帝把这整个的自然交给了人管理。

古老的中国不是这样的想法，像老子说的“人法地，地法天，天法道，道法自然”，那这个“自然”肯定不是树林，它不仅比树林大，比地大，比天大，甚至比“道”，也就是万物存灭规律还大，“道”亦由它隐现；这里人不仅是最小的，而且是其中的。

这个自然既是一切之法，也就无处不在，那么我觉得在一个人的话，就显现为一种自然的心境，即与自然合一的状态。这种状态下呢，就不会有所谓的“丧失自我”“寻求自我”的问题，“自”即完满，没有“我”的分裂。“我”可以看作是一个社会观念产物，是人为造出来与自然相对的。没有了这个相对，就没有了“自我”的“丧失”和“寻求”。

西方式的所谓征服自然或者保护自然，都是把自然作为一个对象来看的，这是一个科学分析的方法，给自然一个自然界的限定，但不可混同于东方式的自然。

10

有一年我在世界上旅行，那一年非常巧，我一直走在春天里，没有秋天；在我走到的所有地方都有花朵。西方有一句话说：上帝不居住在任何地方——这是《圣经》上的一句话；东方也有一句话叫：无所驻处是真心——佛教的一句话。春天是不会停下来的，所以花朵会枯萎；但是在春天到达的地方，永远有花朵。在我放弃了自己的时候，我忽然就自由了，我终于理解了什么叫“自然而然”。

这个“自然”并不是自然界，并不是树林，不是一个“有”的观念。这个“自”说的是自己，万物都有它的自己；“然”在中国古文中作同意讲，“然否”“然”，就是“这样”。这是个非常平静的同意的态度：我同意我是这样的，我并不要求超乎于我的东西。就像惠特曼说的那样：从此我再不要求幸福／我就是幸福／我再不仰望那些星星／我知道它们的位置十分合适。中国的禅语说：云在青天水在瓶。一切自有它们的归宿、来源和本性，性命相合，各归其所。如果硬将不同层次的事搅在一起，将云和水搅在一起，或者用世俗功利要求诗歌，就会造成混乱。

现代人预设的自己已经不再是他本身，而是一个社会观念的产物。他不愿放弃这个观念，本性又是不可改造的，所以就陷入了悖论。只要你不放弃那个矛盾的前提，任何解决悖论的努力都是徒劳的。当你明晰了这一点之后：把上帝的还给上帝，把恺撒的还给恺撒。一切各归其所，悖论便没有了。中国的无我和空灵之境，并非只是无，而是可有可无，无我，无不我；万物万象，应运而生，应命而结。

当灵感到来的时候，我像一道春风通过的走廊，在另一端生出花朵、生出诗和语言。我说：在花开的时候你给我苹果。我说：远远地看 / 只有这一片是红的 / 十五只鸟在路上飞 / 飞过，飞不走了。那些鸟在路上飞，飞过，飞不走——永远留在了你的心里。

我开始细读我的生活，我发现一切并没有失去，所有生活都没有失去；在你离开自己的时候，你就看见了自己全部的生活。中国古代唐诗的神韵皆出于此——“红豆生南国，春来发几枝”——是红豆使你想起了南国，还是红豆诞生了南国？是南国中生长着红豆，还是红豆中生长出了南国？这些在中国古诗里是不分的。为什么不分？因为没有一个“我”的概念阻隔，更没有“我们”，这样一个社会性的公共视点。——你只是一个“看”，万物皆异皆同；你是左手也是右手，你是南国也是红豆。这好像是一个玄奥的道理，但其实非常简单。

11

西方人对未知的一切始终有一种期待，他们觉得人有理性与万物不同，必有一个原因，因此应当有一个发现彼岸和得救的可能。

他们认真地给神造了房子，乘着上帝、逻辑、实验科学的船不断地向彼岸进发；在他们毁灭性的成功中，他们看到了东方，看到夜空中高高低低悬挂的石头，他们再没有船了，他们乘着自己的痛苦航行——世界为什么是这样的？他们要问——这是他们的本性。

中国人的本性是什么呢？是明白，从不追究这类早期孩子问出的问题。“天地不仁，以万物为刍狗”；“以有涯随无涯，殆矣”——他们并不惊讶，很自然地接受了这个宿命。最高妙的禅宗也不过说此岸即彼岸。

12

这所有之奇妙，它让一个人类几千年下来形成了截然不同的东、西方宇宙观，然后到了现在又让它们往一起撞，冥冥中这个安排我们怎么能了解呢？人就在自己的范围里，一边说交流融合，一边又碰撞冲突，整个趋势是继续往一起走，而且速度越来越快，就跟那个大陆板块移动冲出了人的适应限度似的；那么这中间，看起来是西方的本质往东方靠，东方的形式向西方靠，这可是够悬的，会演绎出多少结果来；反正原有的平衡正在瓦解，新的平衡能不能不断实现，那谁知道呢。

13

他那个“天赋人权”，哪有那么回事儿呵？天赋你什么人权啦？天底下哪有人权这回事儿呵？一个地震就都死啦，地球也不过就转那么多少圈儿，万物你吃我我吃你，你一活就占了别人的啦，美国人自在点儿，那资源他就占多啦，有钱就多占，强大就多占，弱的笨的就少占，人权在哪呵？可他愣就能说出个人权来。你看，他脑筋就走这个。你看他哲学，哲学是什么，是告诉你其实是什么。其实是什么？是超知的，是不知，是无。但他就弄出个形而上学巨大的体系来，因为因为因为，所以所以所以。

中国人不闹这事儿，明白了就认了。所以中国哲学就是一字真言：无。道可道非常道嘛，“道”它超知，你有什么辙？所以外国人他就说中国没哲学，他们认为那一大本一大本论著才叫哲学。而让中国看，那实在是够幼稚的，那明明白白摆在那儿了的，你这还求呵证呵，说是怎么怎么样的。中国人就直接和明白在一起，他走到哪儿是哪儿，活到哪儿算哪儿了，咱起码落个干净。残酷，但是他没说谎。西方一定要“有”呢，那“没有”他就不允许，他不接受了。

中国说和谐，西方也要和谐，但是他得是以“有”为核心的和谐。这人哪，你一脚踩在“有”上，一脚踩在“无”上，这没法儿待得住，“有”被“无”扯着，这立不起来，活不下去；老外就把“无”这边儿他给硬垫起来，上帝呵，法律呵，人权呵，他就站住啦。中国人是，噢，这边儿没有，没有，那那边儿“有”反正也是个没有，那就干脆撤了，全都没有，白茫茫大地好干净，咱们就像鱼一样游来游去得了。那当然都游来游去就麻烦了，所以就做一笼子都装进去。西方他也给你装笼子里，因为他认为一个“有”嘛，那本身就是笼子。不一样的是，西方他不说这是笼子，说了，破了，就到“无”那儿去了；而中国就明告诉你这是笼子，因为他不怕说“无”，你不想待里头，那你栽“无”那儿去吧，人权？哪来的人权哪，是吧，别臭美了。唉。

14

很简单呵，都要死了，就一块饼，谁吃了谁就有可能爬出去，就活下去了，你说论人权谁吃？谁该让出人权？人权就是人有不让出人权的权利，可你不让出的同时就是夺人人权呢？

Z：那，人可以放弃自己的人权，不可夺人人权，也不……

所以呀，就又回到刚才说的了，给人权定义以限定，到这时候你就得放弃你的人权，让人家活。这“人权”说得不荒唐了？

烨（笑）：那就都得让。这根本不通。想这样规定，其实是怕自己的生存环境坏了，都想让别人善点儿，就是傻点儿，然后自己占点儿便宜。

反正就是那么一块饼，都不吃荒唐，都吃不可能。这人权就讲不下去了。要是中国话，你真情真性也罢，你仁义爱人也罢，就没这个问题了，它听其自然了。这就看出来了，人就是这么个尴尬东西，他活下来的准是恶者，不论他是因为自己强，抢到了那块饼，还是因为对方善，让给了自己那块饼。人类的繁殖史你这一看，就是个杀戮史。

15

“人权”最开始说出来的时候，那是股真气，那这话里就充沛着这个真气，那就不是个虚话。现在说，还剩什么？不就剩个怕死了吗？那贪生怕死在中文里可是贬义的对吧？

这话最早迸出来，那是精神的积聚，就是急了，其实这话跟那个“王侯将相宁有种乎”也不是差得很多，关键它是从血火里来的，是生命的力量不可阻遏的结果。等到生命离去，那就只留下个空泛的概念了，说得难听点儿，就是只剩个僵尸了，那你把它无论修饰得多好，你还是不能把生命注进去。就是最初讲的人，他是拿命讲的，这词他是拿命换来的；你现在讲的人，（笑）说不好听一点儿，别是要别人命的就好。

16

你看“八月蝴蝶黄”“红豆生南国”，哪有人哪？它就是生命的一个自如状态。而西方人他就硬要在里边找到“我”才甘休。

“行到水尽处，坐看云起时”，这整个是一个空幻的，一个幽灵的“行”和“看”。唐诗中的空灵呵，妙就妙在这儿了，就是那个“你”已经成了冥冥了，于是那个意境一下就自然开阔了起来，那个观注就变得明亮透澈而且富有心情了。

西方的东西吧，有的特别感人，也挺震动人的。但是它闹到最后呢，不是往这边儿有点儿作态，就是往那边儿有点儿作态。然后它就修正这个作态——不要戏剧性呵，不要浪漫呵，不要什么，非抒情呵，用这个反动那个，那个反动那个。

17

西方文明的优势现在是压倒性的，一说现代、后现代就是西方。人们于是也比较愿意从西方的角度看中国问题，一是比较简易，二是好像也更公允——西方人听得明白，中国人也觉得新鲜，两全其美。

可事情的实质并不从人愿，西方文化这一次对中国的进入，是借助着诱惑和强力因素的——民主、自由、自我，这些关系到“人”的概念，是和彩色电视机、电脑、汽车一起过来的，中国人接受它并且播扬只是一个表面现象，而在哲学感受上，西方的道理从来也没有替代中国人的法则。为什么呢？因为中国的法则合中国人的性情，并且在哲学的彻底性上超过西方。

东西方的哲学都面对“有”和“无”的问题。西方喜欢化无为有，做形而上的探求；东方却习惯化有为无，不是解决问题而是取消问题。后一方法顺应哲学本性，防止了所有悖论，以取消规则而保持了精神的纯粹。

18

我觉得民主起码首先要求这样一个环境，比如在我们那个小岛上，没什么谁高谁低的观念，没什么欺弱、幸灾乐祸这类内心成分，你有钱是你的生活方式和由于你的机遇，我穷过是我的爱好和命运，就跟你唱歌我跳舞一样。大家谁高兴了聚一聚，平时各干各的，在一起都挺好的。这样民主才能自然而然。没这点，那就难保比专制好，而且跟着还得闹出新的专制。比如说人多势众的就会一起打击抢劫人少势弱的，这我小学、幼儿园里都看见了，几个孩子一嘀咕，其实就是民主通过，就可以把一两个孩子欺负了，欺负成什么样都有可能，这时候还只有老师，也就是专制才是保证。要说起来，不准打人骂人都规定得好好的，小孩儿也都清楚得不得了。

当然也有同样多的情况，小孩儿都想这样，而老师一个人的专制就让所有小孩儿的愿望破灭。

我是相信精神的，精神自有自己的道路。哪怕他就是一个人，哪怕面对强权，精神强大的时候照样一往无前。但是精神不是说有就有的。民主如果不能遇到一个由本土长出来的精神，并且由这个精神推动的话，那无论是靠强力还是靠说教，都是搬不进去的，要么变成另种专制，像许多大小专制你争我夺呵，或者什么强力傀儡政治呵，要么一切照旧。

19

我心目中的中国，是“鸿雁长飞光不度，鱼龙潜跃水成文”的中国，是“红豆生南国，春来发几枝”的中国，这是我喜欢的中国。《红楼梦》的清洁、独断、自在的女儿性，这一女儿性和中国的自然、光明的佛性的重合，中国哲学至《红楼梦》显现为这么一种清净的女儿性情，东方的美丽真是达到了美的极致。对于我来说，这是中国，她给我生命，她让我感到生命，她的光和水通过我，让万物充满生机。

如果中国就是一个渴望变成美国的东西，中国就是一个大吃大喝，就是一个试图模仿西方建立他们的制度的这么一个大机器，那可以说它跟西方一样，和我距离遥远。这时我要重复我十五岁写在《生命幻想曲》中的一句话：“世界与我无关”。这个“我”既不是顾城，也不是我的皮肤、身体，是那个跟冥冥相通的从那里来还要回到那里去的呼吸、水，和精神；这时恰如你对一片月光说，你属于什么，那便是十分可笑的。

20

我第一次到纽约，一九八八年，一个朋友在纽约待了一个星期说：美国人怎么这么傻呵？我说美国人当然就是这个样子的了，你还指望他什么？他说不对呀，我也是看过索尔·贝娄、杰克·伦敦的呀，他们都是很聪明的呀！我说那些人恰恰是在美国无法生活下去的人，所以才写那样的书呢。

这世界真说不上是在变好，还是在变坏，反正它是越变越快了。

21

两千八百个女子跑过弯道，颤动着一堆一堆的身体，让你不断想到土豆口袋摔落地面的声音。幸亏那些男子扮成苏格兰乐师，让号不停地响。

教授耸耸眉毛，忽然问：瑞典姑娘怎么样？你吃了一惊：瑞典姑娘？瑞典倒是有好多毛森森的树。那美国呢？美国灯光下头都是男子，和阴凉的猪火腿。

22

把小画片剪下来，钉在墙上，把书放齐，抄好的诗也钉好。一间小屋小得像船舱，就这样和别人说话，开始文学生涯。

看时尚著作，说看经典的都是大家。有颜色的世界和有声音的世界，告诉别人做法。总要找到一个方法，别着或解开自己，像四年级看二年级的试题，而又觉得六年级高不可及。千百人就是这样。在美国，晚霞也可以是垃圾一堆。

23

他只会在逻辑中看，他就不知道站到逻辑外边来看看逻辑是个什么东西。

说到根儿还就是他不能跳出“人”的框框，而他的“人”是逻辑和概念中的“人”，不是真人。

这就叫“理性”。

24

西方的爱情是强烈开放的花朵；东方的爱情是两朵花之间微妙的芳香。

25

我就说最初的语言呵都是简单的，但是又是粗壮的；它内里潜在的生命力是丰富而且强大的，它指向的可能性会很多。

其实语言的生命呵，就在这“可能”中间，它的生命力就体现在这个可能性中间——一个粗树干，可以生发出许多细树枝；但是呢，你没法设想一个高空的细树枝能生发出哪怕一个粗树干来，是吧？

随着人类的这个社会越来越所谓的科学化，它语言的实用性也就越来越加强，于是呢它的指向性就越来越受到限制，最后恨不得只剩下一个指向才好，叫作语义明确。

但是它的精神就少了。

但是它的精神含量就极为细微了，它的生命力也就差不多到此为止了，就跟长在高空中的那些细树枝一样。

Jay 是从现代英语的句法还是很严格的说起的，说这个词性、词义、谁、时间什么的规定得还是很严密的。我跟他说“淡若海，漂无所止”；他说可不像中国古汉语这样语义漫无边际。

我说那个语言涵量多大呵，演变的空间多大呵。

它这个“大”是由于它的内部有一个足够大的寂静的力量。还是那句话吧——语言的生命力在它潜在的变化可能性的大小中间，而不在它实现了的涵义上。

26

我以为这个世界是盲目的，无论东方社会，还是西方社会。

所谓盲目不是说它放弃了目的,而是说它不断地制造目的。

或者说它制造了一个个不真实的目的。

将一切搞得极其复杂起来。

27

这是绝望消失以后一千年安静下来的美丽。在这里人很小。

中国的哲学是“一”，不是“二”，没有两个数，所以就取消了加减乘除等于，“一”就是全部算术。所以中国没有形式逻辑，没有“为什么这样”，而只有“就是这样”。

28

中国人的哲学就是中国人的天性。

29

民主是集体的个人主义

独裁是个人的集体主义

30

你知道中国人无所谓，所以他就剩个拿价值量了，这个价值是西方人眼里的价值，要不是汉学证明这个东西多有价值，这个东西就扔了。要是汉学证明故宫什么也不是，那故宫也会给拆掉，在那儿盖个飞机场、大超级市场都是可能的。

31

爱因斯坦看这个世界是属于诗的，和老子看到的那个东西非常像。他们都知道这个可视的世界是一个幻象，而穿过这个幻象呢，他们都看到了这个世界无所谓有无所谓无的那个美妙的存在，这时候他们有一种喜悦，就跟但丁升到上边，他看所有的星球被爱的手推动一样，运行是这样的无所不在，奇异而完美。

32

世界的道理就是多数人的道理呵，强势的道理，物质胜利的道理。那有的人呢他的表达，和这个道理先天就不和，遵守你这个道理，就表达不出他自己了，那他凭什么就是要遵守呵，又不欠你的是吧。你像毛利人，本来有他们的道理，忽然你过来了，你热衷征服，过来了，他得爬你的台阶了，他爬着就费劲，和他的性子不和，爬不过你是吧？于是你就说他们笨或者什么素质差。

33

技术是人生存所依赖的，却不是人的精神能依凭的；它是生存的方法，而不是生存的法则。科学是一个很小的东西，并不像人们所寄望的那样可以无所不包。

34

我以为知识分子和普通人的区别不大。

比如说慧能算不算知识分子？他不识字。莎士比亚算不算知识分子？他在剧院门口拉车。

所以这样的区分就没什么意思。是有掌握什么知识，掌握多少的不同，但它并不能用是否知识分子来体现，也同人的品性甚至智慧没多少关系，从来就不是一个教授必定比一个农夫品行高尚或德性完美或更加地参透人生。

35

你看呵，这知识分子要说不一样的话，就是更虚伪一点儿，如果他们不是被一个流行的思想罩着的话，面前一朵花一把刀，依着本性，他们各自的表现会是很不一样的，绝不都是扔了刀，再给花浇点水，然后闻一闻。成了知识分子，就都说同一个价值观，就像拿同样尺度的尺子量鞋一样，反正穿这个尺寸的鞋就对，要不就错，至于每个脚的大小倒不重要了。

这点上越是普通的人就越是好些，我是什么脚就穿什么鞋，至于高低对错，那是无关的，是臆造出来的，我这合脚就对了。

说虚伪，还不在伪造个价值观上，更在他自己也不信上，拿那个尺子是量人家的，量给大家看的。像现在知识分子都愿意说：啊，我们是要民主的。而其实这真是他血液里的思想吗？他身体力行吗？还是因为这是一个放之四海而皆对的价值观呢？只要这样一说就验明正身了，就是个知识分子了呢？

说这样的话，对改变现实不起作用，是空的；而你做什么事情才是有实质意义的。

36

一个人要做点什么的感觉是他自己的；至于他最终做的是什么，并不一定反映了这个感觉。所以有时候一个人说了就做也挺可怜的；但是说了不做那是骗人了。最好就是你是什么感觉你就说什么，你就做什么。这本是个最普通的最没奥妙的老实态度，但是一成了知识分子可就“简单的并不容易”了（笑）——我在岛上画的画儿里就有这么一幅，《简单的并不容易》。怎么不容易？就是你要是依照你真实的感觉说，不合主流观念怎么办呢？不配“知识分子”了怎么办呢？于是你就按无愧为知识分子的话说了，说了照做还是不照做？这就回到刚才的问题了。总之是你要这个知识分子的名分的话，你就难免你的本性和观念的冲突。

37

老是我们知识分子受尊重不够呵，还什么搞导弹的不如卖鸡蛋的呵；人家卖鸡蛋就是为挣那点儿钱的，你要是为挣钱，那你也卖鸡蛋去呀；你为什么搞导弹，不是你喜欢做这个事吗？当然从一个国家说，它要让国家强大厉害，它委屈了搞导弹的是失策。那要是不打算强大厉害呢？那你们就全都卖鸡蛋去好啦，鸡蛋还可以吃呢，对不对？导弹能做什么？你像新西兰……搞导弹还违法呢。

总之就是你是要搞导弹还是要挣钱？是要知识还是要地位？你不是“知识分子”吗？你不是“地位分子”是吧？所以呵，要是有了吃喝还要抱怨社会待遇的都不是真知识分子。你要你的知识，凭什么人家就该着种粮织衣养着你？

生

Daily life

活

1

大地这么平静，放在上边的红砖房、灰砖房里的人都在生活，在万里晴空下，爆发出炒菜的香气。

2

这是公平的，你不喜欢什么生活，什么生活就不喜欢你。

3

一个人，生活可以变得好，也可以变得坏；他也可以活得久也可以活得不久；可以做一个艺术家，也可以锯木头，没有多大的区别。但是有一点是重要的，就是他不能面目全非，他不能变成一个鬼，他不能说鬼话，说谎言，他不能在醒来的时候看见自己，觉得不堪入目，一个人应该活得是自己并且干净。

4

很高兴能在今天发言。因为天气好，我可以在外边站一会儿，想我要说什么。尽管我说过很多话，但每次说之前，都有一种惶惑，不知道这些话是不是我的。我在外边站着，晒太阳，忽然听见燕子叫，好多燕子，在空中，它们高兴叫，就叫了，从来不准备发言。

5

我又看见了你。我们几乎不是诗友，而是顽童，整个下午想找一点好玩的事。

“西红柿怎么卖？”

“四毛。”

“能不能便宜点儿？”

“四毛还怎么便宜？你说怎么便宜法？”

“那，两毛不就比四毛便宜？”

6

我割草，一百米的地方有个女孩子也在割草，中间就有一个无言的话。然后你晚上走回村子的时候，你看见窗纸有光的那一刹那，你有这个话。后来我理解中国说“相思”呢，就是这个味道。

7

我不喜欢我的想法被外界强迫。我小时候不喜欢上学也是为这个，为什么这四十五分钟就得想算术，那四十五分钟就必须想语文？这对于我是很可怕的事情。

8

我并不知道，上学，便就是一个新的绝望的开始。母亲爱我又非要我上幼儿园不可的道理，我是后来才明白的，据说是为了让我从小学会过集体生活。我怎么会知道正是这种集体生活的恐惧使我逃进又逃出，从幼儿园逃进小学，从城里逃到乡下去放了猪，逃进单位，最后又逃得远远的，跑出了国。

我到现在还记得我早期的最后一次斗争，母亲带我进城，我实在不愿意上幼儿园，母亲就带我在城里的一个招待所里住了一夜（她正在那里开会）。第二天，我依旧僵持着不去幼儿园，这时母亲怒了，天在下雨，她把我撇在街上，大步地走了，走远了，我无法追上，就在绝望中往泥水里一倒，大雨不停地下着，我放声大哭，母亲站住了，我也坐起来，看她迟疑着又要走，我便又往泥里一倒；我们之间好像有一根看不见的线拉着，她一走我就一倒，我一倒，她便站住了；最后她还是回来了，满脸都是雨水，我也站起来，紧紧地抱住她。我知道我太没道理了。我跟着母亲走到一个门洞里避雨，我的身上都是泥水，在一级走凹的石台阶上，我站着，拉着母亲的手，我看她穿着灰色的衣服，好看得很；我不再哭了，开始注意周围的景色。有人从阴暗的门洞里出来问我们：怎么了？怎么回事？母亲跟他说：“小孩……”

我惭愧地听着，一些大孩子走过来看，他们都背着书包。我觉得有点不好意思。这是个阴暗宁静的下午，我们就这么站着，站在学校关闭的门洞里，等雨停。最后上没上幼儿园我不记得了，只是还记得那个门洞是我日后出入最多的地方，每块砖都认识了，我就是在那儿上的小学。

后来长大了，不用母亲带着、父亲推着也会走路了，才一次次地知道了时间，知道路是不能随便走的。

9

有一次我和我母亲进了一个小店吃饭，那个地方很荒凉，现在是一点儿不荒凉了，在紫竹院环湖边上，万寿寺那个地方；那个时候那儿有很多的芦苇，有一个很黑很脏的小店，《水浒传》里那样的店，里里外外一些个看去很粗野很凶悍不洁的，要不就是挺疲惫的那么些个人——我忽然觉得哎呀，我母亲干净极了，她在那儿买饭，穿着件灰大衣，干净极了，这时候我猛然有个感觉，我怕别人发现这件事，太危险了。

后来我走来走去的所有时间里，看见一个干净的人就会很高兴。

10

十七岁的时候我回到北京，我必须想办法来对付我自己，像对付世界一样。

我必须阻挡我成为我厌弃的世界的一部分。

我就开始读马列，并且去当了个木匠。

那是一个谁有一点儿办法都不肯去的很差的单位。可是那个时候，马列让我去那里。

我在那里几乎成了个“工农兵作家”，忘了我写在小本上的诗。

11

我这个人隔三五年就死而复生一次似的，像有一个轮回。那会儿，我就不写诗了，我就攒铜钱。铜钱有真有假，你老得在灯下细看，那有的字就很好看，像宋徽宗写的大观通宝什么的，就很好看。我就看这些字，慢慢就看出味道来了，就看出古字跟现代字的不同来。那古字往里走，收大于显，它涵十，而显一，就是那个内力呀，很厉害。而现在的呢，它“一”却往“十”里表现。这字的气象可就大不一样了。

12

我对自然说、对鸟说、对沉寂的秋天的大地说，可我并不会对人说。我记得有一回我从桥上走过，一些收工的女孩坐在那，我于是看着远处，步子庄严极了，惹得她们笑了半天，那笑声使我快乐而耻辱。

回到城里以后我一直看《辞海》，学习对人说话。一个客人坐在我家里，我对他说："您好"；一个人在路上，我也对他说："您好！"我总这样开始，直到结束，重复说这句合乎礼仪的话。有一次，我一激动忽然对人说："中国人不关心灵魂，见面就问'吃了么？'从来不问'你悲哀么？'"第二天我走近人的时候，他们就依次问我："你悲哀么？"

是的，我挺悲哀的，我不会说话，一点都不会。我也真想从这种倒霉的语调中跑出去，去干点别的。

（1979 年）

13

我第一次知道我有小孩儿的时候，感觉不是一个做父亲的感觉，而是什么呢？我又回到了八岁，那么孤独地走在街上，那么看一切都新鲜又有意思，又危险，谁也不知道我。

14

知了是个奇怪的东西，它从地下爬出来，用假眼睛看你，总有些棺材的味道。

（1979 年）

15

买票的时候，我并没有看见你，按理说我们应该离得很近，因为我们的座位紧挨着。火车开动的时候，我看见你了吗？我和别人说话，好像在回避一个空间、一片清凉的树。到南京站时，别人占了你的座位，你没有说话，就站在我身边。我忽然变得奇怪起来，也许是想站起来，但站了站却又坐下了。我开始感到你、你颈后飘动的细微的头发。我拿出画画的笔，画了老人和孩子、一对夫妇、坐在我对面满脸晦气的化工厂青年。我画了你身边每一个人，但却没有画你。我觉得你亮得耀眼，使我的目光无法停留。你对人笑，说上海话。我感到你身边的人全是你的亲人，你的妹妹、你的姥姥或者哥哥，我弄不清楚。

晚上，所有的人都睡了，你在我旁边没有睡，我们是怎么开始谈话的，我已经记不得了，只记得你用清楚的北京话回答，眼睛又大又美，深深的像是梦幻的鱼群，鼻线和嘴角有一种金属的光辉。我不知道该说些什么就给你念起诗来，又说起电影又说起遥远的小时候的事情。你看着我，回答我，每走一步都有回声。我完全忘记了刚刚几个小时之前我们还很陌生，甚至连一个礼貌的招呼都不能打。现在却能听着你的声音，穿过薄薄的世界走进你的声音，你的目光……走着却又不断回到此刻，我还在看你颈后最淡的头发。

火车走着，进入早晨，太阳在海河上明晃晃升起来。我好像惊醒了，我站着，我知道此刻正在失去，再过一会儿你将成为永生的幻觉。你还在笑，我对你愤怒起来，我知道世界上有一个你生活着、生长着比我更真实。我掏出纸片写下我的住址。车到站了你慢慢收拾行李，人向两边走去，我把地址给你就下了火车。

（1979年）

16

我们是在火车上认识的。在这以前我就感到了她——她在南方细细编结的薄瓦下安睡，手里拿着玩具，像百合一样光明；她是真实的我，长大，生活，使周围灰暗的世界变得洁净；她是真实的我，正向我走来，我们将在时间的某一点相遇，我灰色的翅膀为此变成眼泪。我知道，我有两次生命，一次还没有结束，另一次刚刚开始。后来在开往北方的火车上我就遇见了她。我们坐在一起，我一看见她就知道是她。她前额的光辉中透出我想象的印记，她是我想象的结果。之后过了四年，信像鸟一样飞来飞去，终于有一天停下来做了一个窝。我们结婚了，这个世界上多了个小小的家庭。

17

问：哪一年结的婚哪？

答：八三年八月。然后我们登记完就觉得没事儿了，我就自己，我在上海自己还买了个小屋，在武夷路那儿，一个小屋。没想到她就住过来了。我就吃了一惊，我以为登记完就没事儿了。挺好玩儿，嗯。结婚，我就买了点儿巧克力豆儿，给我爷爷一个，给我叔叔一个，给我姑姑一个，哎哟，给他们气着了，就到我爹那儿告状，后来我爹就请了他们一顿，等他去上海的时候。

18

我那个时候比较天真，先说我们中国人怎么老问吃饭没吃饭呀？怎么谁也不问我快乐不快乐呵？这就是一句傻话那时候；结果第二天早上我一去，人家就问我“你忧郁吗？”

我就哭笑不得了。反正我说了一席话，我当时的说法呢，就是幻想就是幻想，现实就是现实，这两者一点儿关系也没有；幻想是天上的云，随风飘荡；而人就同地上的猪狗一样，你就飘荡不得；然后我说呢，如果作为云看待世界呢，国徽跟瓢虫呵，就是那个“花大姐”呀，是一样的，也许感觉花大姐更好看哈？我说了这话呢，好几个在场的前辈就走了，柯岩没走，她说顾城你留下！我就坐在那儿，她说我告诉你，你要是我儿子我现在就给你俩嘴巴，你知道那国徽上有多少先烈的鲜血吗？！给我吓了一大跳。我那时才知道，那话是说不得的。

19

这个岛真好
一树一树花
留下果子

我吃果子
只是为了跟花
有点联系

——《要用光芒抚摸》（节选）

20

相亲是个奇特的事，有一种静穆，一种热烈又饱满的气象，大家忽然都持礼稳重，又若无其事，决不高声言笑。相者当然格外平整，又不刻意打扮。总之那气势不关痛痒，又平和亲切；那时光不长不短，正合礼数；送出门不远不近，招了手还要略站一站。

21

我到了纽西兰，先在城里待了阵儿，就到了一个岛上。这时候我有了个感觉，就是呵，我自打小就预备起的生活呵现在可算要正式地开始了。这□□□把我装到个机器里我没辙哈，就像滚珠给装到轴承里了，你不转也得转，转呢，你也转不出去；我想这回可好了，跑出来了，我爱怎么转怎么转了。第一件事，我先戴上我这个帽子；第二件事，我画了一个伊斯兰堡图给谢烨看，还是带城墙的，上边有大炮，有风车，有旗帜；第三件事，我着手印纸币准备在家里发行。

22

我们到岛上的那天晚上，在黑暗里点了一根蜡烛，外头下着雨，湿气渗进来，我们坐在蜡烛下。我心里想，从十二岁起，我准备了二十年，这回我可得逞了。我的妻子没说话，她一定恨死了。

我十多岁的时候跟着全家下放到农村，就想有一片土地，用土筑一个小城，城里边种上土豆，可以背着弓箭在城上面巡视，不时地向外边放几箭。这是我童年的梦。

23

我们呀，在城里住了半年，就跑到一个小岛上去了。找银行借钱，买了一个很坏的房子，修理它，在树林里，有四年。

我们最早采贝。我想过一种不依靠世界的生活。因为我真正觉得有一个恨，就是恨我这个身体，因为它，我就得依靠这个世界，这个时候我就觉得，我思想也比较极端，我就觉得很耻辱。我不说这个世界不公平，只要我依靠它一天，我就不说它不公平。什么时候能够独立的话，当然也就不用说它了，我就自己做自己的事。这是我一直想的事情。我到了那个岛上，看到了那片树林，我知道这就是我要找的地方。

24

事情都出在报纸上。我来纽西兰并不认识英文，并决心不加以学习，但这并没妨碍我看报纸。点起壁炉就看从大学带回的大摞报纸，看过一张送火里一张，烘烤娃娃挂在四周的尿布。我重点看那些数码，就是房子和地的价钱，我有八千块钱，在欧洲挣的。来新西兰时就想着种地，我的城字是有土的，没有土，“成”什么？成什么也不是城。我不喜欢买东西，我喜欢爬树上去摘果子，我还喜欢种土豆和蒜，无穷无尽，永远生长，种萝卜、西红柿、豆和瓜，一直种下去，永远不死。要不我就吃草，大学的草地上只有野苜蓿、蒲公英和荠菜，每回回家我都割一书包。

我夜以继日看报纸、烤尿布，专对着 5 打头 5 位数以下的数码，大约看一百条可得一条，就剪下夹在本子里到大学给教授看。教授是用英语写红楼梦的汉学家，力主贾宝玉不能入尘、林黛玉不能结婚。他皱紧眉看我送上的尘世字条，多为车棚，还有水塔、篷车、棚船、店铺出租，最沾边的是一个电话亭。

25

每天看蓝蓝的海，圆圆的海，看得久了，在梦里也能看见。

26

从手上看出去，火已熄灭了。女孩像牧草一样游动，男孩放出光辉。在矿物与河流之间，树木一次又一次深入大地；它们发绿的根暴露在空气中。

我又一次穿过周密的死亡；大地抬起脚，下边是更亮的天空。一个女人穿过广场，墨蓝透明的裙子在腿边飘，她不相信。

许多学者抬起脸来，后边是闪闪发光的仪器和窗子，他们不信。在盘子边永远喧闹的人和人都抬起脸。

——死亡是没有的，我已在生命中行走千次。现在，我走的是小男孩最卑微的道路。

我把她们放在篱笆上，她们是一片笑声。

27

鸡的世界与人世无别，只是少点文化，不相混杂。小鸡无知多动，母鸡琐碎，公鸡尴尬虚妄，与人一样，等级森严，一代代鸡如此近似，真像“百年孤独”，只是有的在春暮忽然透出清净的玉色，把人看呆了；每一代都有这个瞬间，优雅，平静，淡红的冠上有火焰。

28

中国有一句古话说是安心的地方就是家，家是一种心境。

在新西兰我有这种感觉，离开了新西兰我还有这种感觉。我可以想念我过去的地方，遥远的家。我很少做外国的梦，差不多每天一闭眼就回中国去了。我常常在梦中回北京，回到我小时候住过的地方；而醒来，则在一个破房子里。我觉得这个想念很重要。只要你有这个想念就可以安心——四海为家，又可以在家中走遍天下。

我最近在写一组诗叫“城”。“城”是我的名字也是北京。我知道，我所想念的那个地方正在慢慢消失，像所有历史的落叶一样，它们生长过又飘落了，新的叶子正在长出来。因此，即使我回到北京，也依旧是在另外一个地方做我童年的梦。

29

我们在纽西兰看了一个讲中国的戏，里边儿一半儿中国人，一半儿日本人，后来还拿出一个阿拉伯神灯擦了擦，唱着 Tea time, tea time，特神。

我教唐诗的时候，那书上有白话译诗，把“汉皇重色思倾国，御宇多年求不得”，给译成：汉朝有个皇帝想找女人，找了好多年没有找到。这本来是一个非常漂亮的声音和一个优美故事的影像，结果变成现代白话就给糟蹋成了这样，这还是中文变中文，若是中文变成外文怎么办？所以我就教他们原文。他们理解古汉语和现代汉语的困难程度是一样的，没有现代汉语的语言习惯问题。

30

英儿，你知道你做了什么，你让魔鬼走进了我的心。而对于你，这只是一个浪漫故事。我知道你哭过，你会说服自己，你说：只有你知道我，我不知道你。是呵，我没有太多的爱的言词，尽管我好像是诗人，我只是修台阶，锯木柴，我就像石子和木柴一样，把我交给你。

我不会每天献给你春天的花，也不会端给你咖啡，放在银盘子上，我不会打开雅致的音乐，铺上柔和的地毯，其实我都可以，但那是世界的，我为什么要把它给你呢？

我给你的是很久很久的石头，它们一钱不值，我给你的是劈好的木柴，它们也生长了很久，在我们诞生的时候，也许它们就已经开始，甚至更早，你理所当然地丢下它们。对于你来说，有你喜欢的东西，它和世界联系着，时尚的家具、衣服、谈吐，我们一起嘲笑过它们，嘲笑过那个布尔乔亚的世界，他们游手好闲，在咖啡馆坐坐，在街上走走，喝日本米酒时，也谈谈东方哲学……可是最终，你还是去了那里。你真要那个吗？

你真笨哪，你要是要那个就太简单了，我早就可以给你，可是我以为那些石头和木柴是真的，在你的信里有那么多厌世的话呢。

31

你们看过星星，又去看灯，看那些闪闪耀耀的商品，那么假气的东西，使你们的笑都假了。这是我真正不明白的事，怎么会有人喜欢这些干干净净的破烂。

32

我知道人性是不可靠的。

多么美好的禀性，都有它浅陋和乖戾的地方，都有翻覆和变化的可能。

锁没开，只是因为那把钥匙没有转动。

33

在一个海上筑起小房子，筑起我的城墙，你们在过这些生活的时候，我穿着破衣服在种地，我欣喜把我排斥在外。我一块石头一块石头地挖着，打着，搬着，砌着，以为整个世界可以像一个童话的小宫殿一样，一点一点搭起来。

但是现实是沉重乏味的，而且把你带到莫名其妙的地方去，就像你要上一个木筏，却被水泥块儿给拽向了水底，我被拽到了褊狭的狂热中间，为地里的肥料，为生长的草，为每一块石头，甚至每一样垃圾该用在哪里操心；可你们在一起的时候，我多安心呵，你知道，我甚至嫉妒自己，要把自己赶出去，这好像真是很稀有的事。

这个梦想又概念又诗意，同时很布尔乔亚，但是西方有《人鼠之间》，中国古老的《汉书》里就有了“女儿国”的故事。有时候我看《浮生六记》，也挺感动，那如水一样的鲜花生活，一朝一夕，一枝一叶，一伤一泣，一个筷子，一个女孩子，那么细细地给保存起来。

我是不能到达那个世界的，我一个人不能承受所有寂寞，也不能承受那个悲哀。我知道，这回知道了，我的身体像飞机一样颤抖，我知道，我很清楚，我努力地驾驶，不要坠毁；我是这样的不太好的机器。

我在现实里做着文字里的事。

我在文字里做，他们也就笑笑；我在现实里做，他们就不笑了。

34

建立一种生活，与世无关，一片暗蓝的海上，一个有棕树和水仙的家园，一个有城台的小国，有风铃和尖塔，有青铜的炮，有最好的女孩子，穿白衣服，像上天的花朵，她们在傍晚时出现，海鸟就回巢了。

我不再重要，你知道，当你们在海边，在平台上说笑的时候，我只是远远地，在有阳光的山坡上，种葡萄，我的草帽是破旧的，我的衣服是破旧的，我是为你们如花的盛开而守住土壤的岩石。

只有你们在一起的时候，我才会安心，我不能让我走近你们，当我看见我的影子在你们身边出现，我会憎恨自己，我远远地看，远远地听，让我生命的泉水清澈，映照干净的你们。

我的梦和你们在一起，你们是从那里来的，我也是从那里来的，成为你们，是最美丽的事情。

35

今天我看了屈原，那么古拗的诗，原来不懂，现在看就像白话一样，清楚极了。是有一种痛苦人不能承受，那些诗里有战争，有怀念，有美人，有黑色的老虎、红色的豹子，那是他和世界说最后的话。当生命不能承受的时候，这一切就从生命里出来——它是人的灵魂。

雷，就是这样，我不能承受的时候，我才做了这一切，我的灵魂成为它。我还要走好多道路，也许两个月，也许几个月，我想最难走的可能已经走完了，也许还没开始。帮助我活下去的人，我感谢你们，帮助我死的人，我更加感谢，因为那是真正无私的。

我写过《我的墓地》，那时候那么浪漫，总以为有山杨树，小花之类，或者像海上的波浪一样涌动；其实不是，坟墓像水泥地一样平平的，一直延续到有墙的地方。

死亡真是个强大的力量。过去的人怀着什么样的希望和勇气呵，那些上祭坛的人，那些每天要和大象搏斗的人；现在看起来那时候有那么沉重的色调，有大石头，一句话一句话都是刻出来的，无论山鬼，怀沙，天问，射日，远游，思美人，国殇，每个字都是刻出来的，真的，那是真正的痛苦，深刻出来的字。我已经习惯了钢笔、圆珠笔这样的东西，今天我真想用石头写字，只有石头能说出来。

最后的时刻是漂亮的，雷，因为它一心一意。

36

宝石。

欲望使你通向两个方向，一个是繁殖，一个是天空。你能欣赏欲望的美丽，你能欣赏生命的美丽，你能够不是昏昧地像被蒙住眼睛的驴一样，走在磨道上，这要看你的心。

没有这个宝石所产生的奇妙的眼泪，你的苦痛和难过不会有所改变；而真正的魔法正在这里——你真心触及的一切，都熠熠生辉。

不要再埋怨欲望了，使你堕落的、使你坠毁的，不是它，而是你没有一颗心。有时候你要问，心在哪里？——这是一个最最古老的问题，在所有的诗歌、艺术、教堂的钟声中，人都在回答和询问这个问题。

我知道在我失去一切的时候，我并没有失去它，虽然它有时昏昧不明。现在我好像知道什么叫金钢了，它不是一个狂野的神像，它是宝石，在一切都损毁的时候，它磨砺而出，完好如故；所有损毁的人哪，这也就是我为什么长久隐藏的缘故。

37

我是说我活这一辈子为了什么呢？这是没有答案的，只好说：为了让你想一想吧，也许就是这样。雷，我真正地感谢你，因为你知道我生的愿望和死的愿望，这才是我的全部呢。有时候看小鸭子在水里追着，相互斗一斗，然后又埋下头做同一件事；它们生下来就要这么追逐，吃那些小鱼。那些正在桥下闪闪耀耀的小鱼，又何尝不是这样呢？谁都是这样，人们在世界上生活，遵循的只是一种盲目的力量；谁也不知道谁，甚至在他们爱的时候，在他们彼此吞吃的时候，都不知道。那些滋味到他们心里去也不过如此。可是雷，你知道我，你怎么会知道呢？

人都觉得天下人理所应当知道自己，其实这是多么困难的事呵，自己都不知道呢，何况别人。

38

你们沿着傍晚的小路走回家去，暮色阴凉，从硕大的蕨类植物和棕榈下渗透出的夜晚漫延开来，天光回暗，云色清朗，我们和英儿一起走着，抬头看满天的星星慢慢出现；在我们回到家的时候，它们已经骤然密集地亮起来了；这是南极的星河，那么辉煌安静，有时客人都惊呆了——再也没有比这里更干净的空气，更亮的密崭崭的星辰了。

我们再没有看见过这么密集的星星，它真像重重叠叠的麦穗一样，带着细细的光芒，如此耀眼、银亮，有时候随着大气闪烁浮动，我们这才知道，大气也在起伏，如同海水，而我们生活在安静的海底。

39

你们都到生活里去了，生活里人口众多，你们为什么要认识我呢？

40

其实呢这出国是依她的心愿，那我就说也好，找块地种去……

41

睡意还没过去，就合目静卧，忽地，出了一句话：背着身写作，背着身发表。瞬而清醒，就想这话什么意思，莫不是因要出门，一去万里？名为访问，实是走江湖，见朋友，拜龙头，做广告，卖点诗文，闹点笑料——背着身，反着身；背着身，扛着身也。

42

会碰到这样的人，他直瞪地看你，像你发了疯，简直跟我碰上几元几次方程一个样。我知道他脑袋停住了，不明白我的生活逻辑。我有时想帮助他们，但没办法，只好由他们去。倒不是我的逻辑太复杂，而是我的逻辑太简单了，就跟放在眼前的东西找不到一样。

他们的逻辑我大体知道，前言后语，只是要我实行却难。

43

他从境界上看那个东西，你从生活里看那个东西，同一个橘子或者螃蟹，就成了不一样的东西。

山涛邀请竹林七贤中的另外两个人阮籍和嵇康来家里做客，山涛的妻子隐在一边看，看了一整夜。那时候中国规矩，夫人是不能介绍给外人的。第二天山涛问妻子这两个人怎么样，他的妻子告诉他：你呀，才学不及这两个人，但你们的识度是相当的，所以成了朋友。

山公的妻子不是说看美男子去了，她看的是境界，所以才说得出这样的话："君才致殊不如，正当以识度相友耳。"她能看见别人的识度，说明她的识度不在之下。识度也可以说是境界，因为只有在一定的境界上，才谈得上识度。

从她的话里我们可以知道呢，人和人交朋友，并不在于才华和地位，而在于你这个人的境界，配不配得上另一个人的境界。境界配，就会心有灵犀一点通——身无彩凤双飞翼，天上地下神贯心通。

44

你呀，之所以对这些充耳不闻，是因为呢，你深知你是依靠着这个社会生活的。当然也不必较劲。但又不可不知。

45

我们有一个朋友过生日。在晚上。我们祝贺他，送他一些花。后来我们就谈起话来，谈了很多话。再后来就发现这位朋友不见了，不知道哪去了。大家就去树林里找。树林里很黑，我们想他会不会喝醉了？我们怕他在哪里会冻坏的。

我们在一小片林中空地上发现了我们送给他的花。花端端正正地插在瓶子里。四周没人。只是一片黑暗。我们当时都有点儿害怕。叫他的名字，但是听到的是野鸟在水上飞的声音。

我们在水边找他的脚印，然后翻过一座山坡走到一条小路上。我就拿个手电在树间来回照，照树根也照树梢，怀疑他变成鸟飞走了。

这时我身后一个朋友说那是什么？我照过去，就看见了他的一个袖子在树干边上，黄色的。

我们跑过去叫他，但是他不回答。我们看他正对着天笑。

我们问他干什么。他说他要把这棵树背走，背回家去。他说这棵树是条大蛇，很重；这条蛇没毒，那条也没毒，反正都很重。也有朋友说要帮他搬，当然后来我们没有搬，就把他送回到有灯光的路上去了。

这个朋友现在就在我们中间。当然他没有被人认为是艺术家。

46

我到现在也不能解释我为什么要拦住所有我地里的水，我修墙拦它，为什么我要把每一片树叶都留在地里，要将土地变黑、变肥沃，仅仅是为了种植吗？好像不是。

也许因为我对土地有一个责任，我同它有一个关系，在这个对人世来说毫无意义的事情中，我获得了一种依靠，我好像成了土地的一部分。我和树林交换呼吸和养分，我拿了它的，就必要还它，阳光和水通过它们到我的身体里来，又回归，这样的生命感受很充分。

47

行到德国，像是小时的北京。有雪，也有干了的树枝在风中晃动。我恍惚觉得沿着窗下的街走下去就回家了，可以看见西直门——那黄昏凄凉的光芒照着堞垛和瓮城巨大的剪影，直洇开来。

在梦里，我常回北京，可与现代无关，那是我天经地义要去的地方。太平湖或中华门，现在都没有了；晴空中的砖和灰土筑的坡道、酸枣树，都没有了；可我还在上面行走，看下边和以后的日子。

48

一九八八年以后，我到了新西兰一个小岛上，把身体交给了劳动；四年之后有一天，我忽然看见黑色的鸟停在月亮里，树上花早就开了，红花已经落了满地。这时候我才感到我从文化中间文字中间走了出来。中国的神是自然，这个自然是像水一样平静的内心；万物清清楚楚地都呈现在你的心里；一阵风吹过，鸟就开始叫了，树就开始响了。这个时候我明白了一个道理：只有在你生命美丽的时候，世界才是美丽的。

49

在我的血液里也有一种很奇怪的东西，就是特别绝对，特别任性，有点儿小孩子脾气。比如我小时候，天要黑了，我正在外头玩儿得高兴，我就会对天黑非常生气，我还要玩儿呢，为什么天黑了。

50

失落的体验我是有过多次的，可以说在我到了岛上以前没有断过。比较早和强烈的一次，是我在重庆看见了大片大片的红卫兵墓地。我看见了历史，就是一次一次人类精神光辉的闪耀，然后又趋于黯淡，这样循环往复的历史。革命在不断变成政治，爱情变成婚姻；我知道这都是人类延续必需的，但是它却又是跟人生命本身的愿望严厉冲突的。

51

一九八三年我的思想走到过一个极端。我曾经是一个民族主义者，因为我喜欢中国；我甚至喜欢伟大的东西。后来我读了鲁迅的书，那个时候他说谁都说自己是胜利者的后裔，皇亲国戚的子孙，谁也不愿说自己是失败者的后代。那么我们看历史，非常简单，胜利者就是杀人者；于是我相信如果我的祖先不是杀人的人的话，不会有我。数千年的断杀，杀赢了的得以繁衍。

不管是上帝还是自然创造了这么多的人，包括动物，包括植物，却并不是让他们都活下去。那么如果你要认真想一下的话，你只要活，就是在让别人死，你每多活一分钟，就是继续让别人不能活。这从你出生的那一刻就开始了，甚至从你迈入人的生命过程的最初一刻就开始了；因为你的生，便剥夺了别人的生，你把死推给了他们。

那时候我非常极端，我不能以我的祖先为荣，不能以我为荣，不能感谢造物主，对它充满了质疑。

52

而比较纯粹的人呢，或者就真的疯了，像梵高那样的，他就不管了，走到哪是哪，就在这种状态里了。但通常的情形，精神会到来还会走，精神到来的时候，你做了这件事，你醒了，精神走了，这时候你怎么办？这时候特别可怕，因为你已经享受过了精神，或者说精神已经把你腐蚀出了一个空洞了，然后它走了以后呢？你就剩一个空心儿待在这儿。

这时候呢，你既不属于生活的逻辑，你也不属于生命的状态或精神的状态。这时候就特别尴尬。这也是一个恐怖，所谓的生命中不能承受之轻，实际上是这个东西。

53

我读马列读着就相信我应该首先成为一名劳动者。我就去街道服务所当了五年木匠。当时说那里是城市社会的最基层，所以我想改造应该从那里开始，改造社会也磨练我自己。

那里的确是社会最下层了，“劳改释放犯”和残疾人，哪里都安排不进的，就送到那里去。所以我进去时候，人家看我好端端的，就甚感纳罕；问我你有什么病呵？我不明白，说没什么病呵！只见瞅着我的眼神儿一个个更加怪异起来，跟着就是笑。我们单位有五个傻子，他们就把我算成了第六个傻子，这样才算有了个解释。

……

那会儿我们单位没人真干活儿。老弱病残不能干，能干的多半儿是劳教过的，没什么人敢管。那会儿又不发奖金，我学徒一个月十六块钱，干多了还得多吃，钱和粮票自己还得多掏，所以都不干活儿。我们单位有上级，像区工会呵，区妇联呵，派出所，居委会，好像都可以派我们活儿；拉灰呀，搬运废料呀，有一回挖阴沟也找我们。那街上的下水全堵着了，谁也不管，区什么委员会就找我们，领导就让去。我那会儿不知道这许多背景，反正一叫干活儿，就是干共产主义，越脏越苦就越得干。我干，别人都笑话，我就想这是同习惯恶习做斗争。

挖阴沟那回印象很深，我呢最怕这个脏了，可是越怕就越得往里跳，我一憋气脱了光膀子就跳下去了。这第六个傻子"六傻"，那会儿已经叫开了。他们看我，就跟看傻子一样。

54

我现在做到了一点，不专门吃坏东西。原来我专门吃坏东西，因为我很恨我的胃。那会儿我很极端。陶渊明不是说"口腹之役"吗？"心为形役"嘛，然后"世与我违"嘛，我很有同感，所以我就故意折磨这个胃，不给它吃它喜欢的东西。

烨：所以他就不让我做饭。你跟人家说，人家永远也不能够明白他是怎么回事。

更早的时候，还没认识谢烨呢，那会儿有一个阶级斗争学说在我身上——这身体怎么老要舒服呵，整个的资产阶级，我就和它斗。

55

严格地说我只上过三年小学。

而且还是在很不情愿的情形下。

我觉得人生有限，应该做一些比较好玩儿的事情。

有时候读一片树叶，或者看一个甲虫爬，比读书更让我觉得有收益。

以我的理解我也是一个小虫子，

爬一阵就想长出翅膀来飞一飞。

如果问我谁教我写诗的，那么我说是天空。

56

有回我沿一条路越走越快，前边要有个悬崖就跳下去了，我抱上一块大石头才让速度慢下来。

57

人是要有一点儿精神的。我觉得这人哪，我们活是当狗哈，但是呢，你别里里外外都当上狗了；那这日子咱趁早别过了，拉倒吧。

就是咱们一方面“好死不如赖活着”，在另一方面呢，宁为玉碎，不为瓦全；要不我图个什么呢？

58

柏林有一条库丹姆大街，我在那儿看见一个老人，她坐在一堆垃圾袋中间，我一直想看看她的脸，可是鸟不断地落下来，把她埋住，我想全柏林的鸟，大概都认识她吧？她走的时候，鸟一直在她头顶盘旋。

柏林还有墓地，有那些在过去的历史中间死去的人。这和北京很相像。在人生活了很久的地方就会有幽灵，使这个地方像梦一样幽深；你不知道梦下边最深的地方潜藏着什么。

59

我几乎每天做梦都回北京，但是那是我童年的有城墙、堞垛、城门的北京，我爬到城墙上就可以看见几百年里这个一直安安静静的城市。

当然现在北京有了变化，北京无论是变成美国的样子，还是别的什么样子，都是让我害怕的。

我有这样的习惯，小时候玩儿过的地方，一般不愿意再去；我害怕再看见它。

60

我觉得做一个画家可能比做个诗人要幸福。但是一直没敢做。

但是你有时候画画儿。

有时候画。但是真要是开始画的话，我就停不下来，我就疯在里头了。那么这时我就得要纸、笔，就变成钱的问题了，而我要是不得不为这个停下来，我就要发疯。所以我尽量不走到这个画画儿的道路上去。我在集市上画像都有点儿这样，我画了一个人就停不下来，马上必须再有一个人画才行，然后就成了我给他一块钱，请他坐下让我为他画像。谢烨就很生气，谢烨说这样人家会怎么想呢？正常时我是收八元钱画一张的。

61

提问有关作者的帽子。

这确实是我自己做的帽子，自从出国以后我就大胆地把它戴上了。碰到人问，我说，戴帽子很安全，戴上帽子有如住在家里而走遍天下；有时我说这好比北京城墙，北京城墙在我十二岁离开北京以后被拆光了；有时我说，啊，这是拔火筒，我吵架的时候，可以把火气拔掉。

62

“文化革命”的时候我十岁。我记得那天我和我父亲在街上走，他的鞋带儿坏了，走起来踢里突噜的；到了一个胡同，用白纸贴着：革命胡同。再往前，就都在换商标、店名、路牌，有人把霓虹灯砸掉了，我看见红卫兵从窗户里伸出去砸“亨德利”的水泥筑字，用铁的钩子绝望地砸，一块一块想把它撬下来，那东西很结实。外边整个变了，好像进入了一个不可想象的世界。有个女的裤角被剪开了，大概因为是小脚裤，头发也被剪了。有个标语好像说：剪刀专剪细腿裤，推子专推飞机头。

我们后来走进一家小饭馆，不久进来一个小女孩儿，现在想来也就十二三岁的样子，戴着军帽，腰里扎着皮带，她大声朗诵说：“毛主席教导我们说：革命不是请客吃饭。”所有的人吓了一跳，都放下了筷子。她接着说：“不是做文章，不是绘画绣花，不能那样雅致，那样从容不迫、文质彬彬，那样温良恭俭让；革命是暴动，是一个阶级推翻一个阶级的暴烈的行动！”然后她说：“地主、资本家、狗崽子，滚出去！”谁也没敢出去。接着下令每个人吃完饭自己洗碗。当然所有人都自己洗。我们回家的时候，西单、马相胡同、王府井等等路牌已经都改了，谁也弄不清这是上了哪了。《百年孤独》里写，忽然大家把字都忘了，这个世界就瓦解了。感觉就是这样。那可真是“名可名，非常名；无，名天地之始；有，名万物之母”，一下这世界就换了。

那一天真的奇怪，家还是原来的家，却是一个完全不知道的世界来临了；这个事情又理所当然，几乎是每个人恐惧又希望的一件事。原来的生活就像一页纸被翻了过去，永远也没有了，一下就是十年。我们家被打开，书被抄走，父亲被抓走。总之，原来天经地义的法则就都不存在了。

63

想想世界比较奇怪，有人大，有人小，有人老，有人想抽出铅笔芯来，有人买菜，有人造了飞机和手枪。道本无名；有，名万物之母。至此皆嫌不足矣，还要延出万理，顺理而成章，好好地分出它个优劣来。自从《进化论》西来，更常听“强者”，“弱者”，“优胜劣汰”。这“强、优、胜”是在一起的，那“弱、劣、汰”便也不得不在一起。本来胜为王，败为寇，话还含点贬义，这“物竞天择”“优胜劣汰”一来，就都成褒义了，全都往“强、胜”一边一站；也是，谁乐意站“劣、败”那，只等着淘汰还活该呢？这高低上下倒也一目了然，犯不上说败未必寇，胜未必王的怪话。

无奈人还闹出了历史，历史当然不肯停滞不动，尽管也常有话说“开倒车”，但更有话说“历史车轮滚滚向前”；管它向前还是向后，反正是沧海桑田，刚刚优胜，却又劣汰，这高低上下，十目百目竟也不得了然——你瞧胯下韩信，正“劣汰”着，不期就打败了霸王，正得意着“优胜”，却被吕后砍去了脑袋；吕后满门王侯，辉辉煌煌，优胜得不得了，却不敌周勃一声“左袒”，顷刻即大朝覆没……历史书翻翻，此长彼消，升升降降，时沉时浮，这高低上下如何才能定论？于是又有“笑到最后”的说法。“最后”在哪里？历史看也看不到尽头，“最后”见也见不到踪影，这笑终算是笑了，可如何才能达到这个“笑到最后”，却是尚不见先例。

（1986 年）

64

成个诗人也是个荒诞。别人说，哎，这个是诗呵，于是你就成了诗人了；要是别人说这不是诗，那你就不是诗人。诗人也是个自然事物。

人呢，该做的还是做，但是别认为这是全部，别让别人说走样了。这“诗人”或者“顾城”，不过是个给人叫叫的，那么一个方便起见的社会符号而已。

英国有个翻译《红楼梦》的叫霍克斯，他原来是教授，后来跑到威尔士放羊去了，白茫茫大地好干净的样子。他到了我们岛上，我跟他说做梦的事儿，他说：“梦里吃饭不饱。”我就乐了，我说：“呵，这倒是真的，这边儿是个吃饭的地儿。”很实在。

有天我跟谢烨说：我知道什么是生活了，生活就是人不睡觉的时候的一种现象。

就是姑且有之吧，别太当真。

65

看月亮，大声问几点了。十点了。雷在屋里说。我想起十月了，北京凉了。

人就这样，冷冷热热几次就长大了，死了。

什么都一样。草长大了，就倒。

人长大了，就知道自己是必死的。其他生灵都不知道，只有人知道。什么是人？——知道死，就是人。于是唯有人造出历史、宗教来，记下时间，想死了以后的事，立碑，留名，或变鬼转世，复活，有机会还可上天去。死人的活动常是活人所不能及的。

……

死真是个难过的事，无论怎么调侃都并不改变，想来因为我生性守旧，一事一物过去都心痛不已，就不要说这整个的一生了。月下刷牙看室内暖光中妻儿雷、胖子坐在椅上，隔着冷峻的月光打在玻璃上的反影，那是不动声色的树林和千年如一的星空。

……

只有我轻轻摊开纸

像热带的暴风雨，第一次感到闪电的清凉

无数柔和起伏的波浪，跟它转向水雾濛濛的地方

像白纸般无言的爱　在所有地方呼唤你

一波一波涌向瀑布的跌落　虹彩升起

第一次我站在出口　不走完全程

我吃饭把米装进袋子

睡觉睡得像一桶水

每天晚上

我都试着哭

试一会

就困了

那些温和的鸟

像云样睡着

夜 深蓝深蓝

月牙向上 弯过窗帘

66

一个梦，二十年，也够长了。我多想有人喜欢这个梦。现在没有了。我又回到我疲倦的路上，我的诗里。我画过画，养过鸡，养过乌鸦和豚鼠，种桔树和无花果，雷说得对，这些都要钱。

写一些字给别人，给自己。我不太相信自然——愿望是自然的，求生和审美冲突时，愿望是冲突的；审美却不忘求生和置生死于审美之中是不同的，以生死为目的的战争和不以生死为目的的战争是不同的；求生之下吃饱了和没吃饭时的自然，是不同的。我肯定最老的中国，我喜欢土地，黑色的好的土地，开花，长树，长草，人可以辛辛苦苦地种萝卜，种上几十次萝卜、土豆，让一生过去，把生命用尽，挺好。可这还不够。

——我想有人喜欢这些事，沆瀣一气，有一个兴致。

……

你喜欢歌谣　孩子

唱过的树都倒了

花开如火　也如寂寞

67

红过的果子　落在地上

　花开在近旁

　　这是它爱过的果子

我来自一个遥远的国度，在海那边有重重的山峰，有一座大城。我在那里生下来，城墙是红色的，里边的房子颜色发青。也有热闹的街市，寂静的小巷。

我在那里长到 9 岁，学了字，12 岁写了诗，17 岁学会怎么把木头做成椅子。我在那儿有块紫檀木，我给凿成个刨子，推到傍晚，就把刨花扫起来，送给邻居。

这个城只有春天和冬天，夏天也许有，但一定在睡觉，睡醒了，水盆里已经结了冰，里边的鱼都吃过落进去的小虫，鱼像城墙一样，也是红的。

我 9 岁、12 岁、17 岁是醒的，其他时间就很难说了。因为我很早就学会了一个幻术，就是跟着下落的太阳合上眼睛，一直就可以跌下去，跌到11岁—8岁—3岁—1岁半—浴液里，在那里可以找到一些球，还有吃了一半的糖。有一次我跌得太久，就变成了一只老虎。

闭很久的眼睛是一种技术，我不想告诉别人，因为弄不好你就回不了你原来的院子了，特别是你当过鸟和老虎之后，你就很可能坐到屋顶或者烟囱上，这样如果正好没有梯子的话是很危险的。而且变过老虎之后，人很瘦，想吃鹿肉一年才能买到一次。

68

你们真好　像夜深深的花束

一点也看不见后边的树枝

——《一人》节选

69

打开台灯，把一小团时光放在手里，轻轻地揉，像黏土一样，不知不觉就变成了宝石（溶化在青铜的镜子里），这好像是唯一的事了。摸摸自己，挺干净，还在，是这个世界上唯一的事了。

70

在我不知道的往事中间，只有你像是真的，我把你说了又说，谁也没有听见。

71

那是一个多好的晚上，云像鸟一样睡觉，夜深蓝深蓝。告别的时候天快亮了，高高的麦地一层青晖，像等待拉开的窗帘。

我写：鸟一声声叫　树一点点高　你不知道你有多美

我写：她想站在花里　四下溅满繁星

她想变成水的故事　光耀耀闪在海心

我写：星如银　海如荫

星海相映　云梦泽深

传统

Tradition

1

贾宝玉他是真性情，鲁智深他也是真性情；鲁智深一句唱词儿“赤条条来去无牵挂”，贾宝玉眼泪就下来了，顿时就有了感觉；可是你让贾宝玉抡个棍子去打，那无疑是找死是吧？他们爱好不同，性情很不一样，但是呢都是真性情，它就通了。

2

李白是天才。其实李白写得最平白的东西呀，我现在倒觉得是特别好的，比如《长干行》，它特别简单就是“妾发初覆额，折花门前剧。郎骑竹马来，绕床弄青梅”——可是这个境界呀，那不是说到就到的。蒙在尘世里，这简单的倒是看不见了。李白，“五月不可触，猿声天上哀”，这样的句子简直太漂亮了；“八月蝴蝶黄，双飞西园草”，像“明月出天山，苍茫云海间”，这简单难，平白难；平白它没有奇闻，没有壮烈，没有形容，没有学问，什么都像是没有，但是它全有。

这是最了不得的。这就是“空灵”的真谛。你不知道它哪来的，它不是人间来的，它不是说源自一个感情、一个希望、一个痛苦；——它是天然的，像天化作了情意那样。这真是神灵。

“月落乌啼霜满天，江枫渔火对愁眠”，这，均匀极了；“姑苏城外寒山寺，夜半钟声到客船”，真是太漂亮了。句句道的是实境，句句是幻境。

3

中国人那么早就坐地谈天了，轮子刚刚开始转，他们就知道了宇宙的虚幻与无情；让老子刻竹板，刻“天地不仁，以万物为刍狗”。他们发觉虚无中来的一切都很平静，相互映照，触目生色，触耳得声，接着又回到虚无中去，连人这种唯一的摄像机也不例外，连人世这块独见的天文台也不例外，一概是“壮士一去兮不复还”；活像某阶段兴起的罢工游行，拖着旗子，又消失在街道尽头。

除了人，再没有什么对自己的灭亡大惑并且伤心的了。

这件事情确实有点奇怪。屈原“天问”之后，就再无问了。

4

一个记忆在他心中顽强地醒来，他不是什么儿孙夫婿，他只是一块石头——“你怎么会以为我是人呢”。

5

中国人只创造了两个理想，一个是山中的桃花源，一个是墙里的大观园。我的笑话不过是把大观园搬到了山里，忘了林黛玉的药锄是葬花用的。

6

我是死了的人。实际贾宝玉根本不能有超过十七岁的生活。

7

宝钗屋子一片雪白。其实她是天然生性空无的人，并不须在“找”中“执”中参透看破。她一件件事都做得合适，是因为并无所求。林黛玉敬她妒她，除了姻缘之故外，更主要的是，这是一个她无能为力的世界。

林黛玉心性之强，达到女儿的顶点。她知道湘云、探春都不如她，至于宝琴，更是视之若无，所以很好；但对宝钗（一直心怀恐惧，这个恐惧是一种对未知的恐惧）是一个例外。她无法明白宝钗的心之所在。

宝钗生为女儿身，却并无多少女儿性。

8

林黛玉不会妒忌袭人，但是她较上了薛宝钗。真性情之间，关系并不都是友好，经常是非常残酷的。

9

一枝花和那个微笑，除此以外还有什么？

真理就是那么简单。而众僧在经文中行走，像游人需要千万个台阶。（空气和无，都不用台阶）

在哪里看天都是天，只是大地有所不同。

10

宝钗的空和宝玉有所不同，就是她空而无我；她知道生活毫无意义，所以不会执留，为失败而伤心；她又知道这就是全部的意义，做一点女红，或安慰母亲。她知道空无，却不会像宝玉一样移情于空无，因为她生性平和，空到了无情可移。这也许就是儒家生活的奥秘。她永远不会出家，死，成为神秘主义者，那都是自怜自艾的人的道路。她会生活下去，成为生活本身。

她与生活唯一的不同，是她还看得见虚空和走进虚空的人看见的幻影。只有她听清了宝玉最后的不祥之言。

11

宝玉若没死，在现实中一定变成个癞头和尚，疯疯傻傻；黛玉若见了也必厌烦。黛玉若不死怕情况更糟。他们都有情，爱的是如花的时间，心与花时同，一旦时过境迁，花叶飞散，变成了瓜皮烂果一类，就尴尬了。

男儿可疯可老，女儿只有死。

（当然对于男儿，死也比疯要好，只是需要机会）

12

司棋被带走时，宝玉大恨，说真不明白女儿结婚成了女人沾了男人混账气，怎么就比男人还混账。老婆子就笑，问他，这么说，女儿都好，女人都不好？宝玉说，是，是。老婆子就说，那么我要问一句话（这句话没问，也没答，宝玉就被王夫人吓走了）。其实老婆子要问的是，那么女儿是哪来的？宝玉大约不会回答。若答也就说破了《红楼梦》的本意——女儿是天上来的。

诗亦如此。

在文学史上论证诗的血缘是可能的，但却不能找到诗的真正出处。

13

中国只两次描画了人间天国。一个是陶渊明做的桃花源，一个是《红楼梦》中的大观园。两处时隔千年，中有诗星如昼，一片到元人入侵便渐渐黯淡的诗境，“断肠人”后，竟无以承继，竟成了《金瓶梅》的世界。

14

（1）人好像应什么都知道点；（2）老老实实过日月，而无妄想；（3）有点理想照明。

妄想有现实的可实现性，而理想重要的是不可实现性。

贾宝玉少年突遭打击，妄想破灭，理想转移。理想是本性的影子。

宝钗无妄想，亦无理想，亦不会破灭，又啥都懂点，自可过太平日子。

15

她无求无喜，却一切有度，不是无可奈何的折中，却是一种“合适”。这“合适”的法则举世无例，所以也不拘泥。所做大体是公正，名分上的事自去做。但也无私，宝钗虽劝其兄，却也毫不袒护；对针锋麦芒的黛玉都意外爱护，赠诗送药。小心人读此多以为是她伎俩，其实不然，宝钗还是知人品性，清浊，她看黛玉倒是较宝玉为重。其实她又何尝看得上宝玉。

16

青青翠竹，尽是法身；郁郁黄花，莫非般若。我喜古诗，不因文学史，不因人们的仰望，而在它的美丽，文字清简明润，如玉如天，在于它显示出的中国哲思，那一无言就在眼前，若张九龄句：海上生明月，天涯共此时。

诗如禅，如顿悟——骤然风动云散，黑暗退隐，你看见万物万象，明媚自如。

17

魏晋以前，中国古诗也有佳作，但总的倾向，人自离了神巫，情绪就一天天黯淡下去。“出郭门直视，但见丘与坟。古墓犁为田，松柏摧为薪。白杨多悲风，萧萧愁杀人。”死的无常，浸没了生的乐趣；“对酒当歌，人生几何。”说得不可谓不好，却终是老于世故的感叹。

佛意的透入，给这黯淡的世界平添了生机，无论关于佛教律法有多少争议，都无妨它清凉干净的神态。一种心境，也是诗境——六祖坛经辨众法相，于第一意而不动，诗人好像得到了微妙的依据。

18

“红豆生南国，春来发几枝”，气象柔和空阔；红豆生于南国，红豆生出南国，色空互化，得真意而得光明。

“相看两不厌，只有敬亭山”，诗人相合于无形的造物本身，望树望山望月望水，凝望中自身也在幻化。

“采菊东篱下，悠然见南山”，此中意味尽在神会，恰如释迦拿起一枝花而微笑。

“鸿雁长飞光不度，鱼龙潜跃水成文”，诗人在一片化境中，有时更愿意回味为人的经验——“今夜谁家扁舟子，何处相思明月楼”、“昨夜闲潭梦落花，可怜春半不还家”，这种解脱没有一丝对人世的轻蔑，反而更亲近了生活本身，似乎也传达出了释迦何以与人说法的秘密。

19

我看见月亮又落进盆里了，就小心地端进屋子，结果月亮没有了，换成了灯。我试了很多很多次，终于感到了厌倦，不是对失去，而是对获得。这时心里倒常常出现了月亮。

从来就不乏奔月、盗火的人，说明有一个一直的黑暗——恰如“黑夜给了我黑色的眼睛，我却用它寻找光明”，恰如飞蛾扑火，他们的感人不是因为他们的成功，而是因为他们绝望努力的本身成为一个瞬间的永恒光明。

希腊有一个寓言，说一个男孩爱上了自己的影子，最后变成了水仙花。面对中国悠远的诗境，我看不见时间、评注、那么多黯淡烦琐的生活，只看见那片光自在圆满。

我唯一的所得是静静看着，而不去捕捞它们。

树枝因疏忽

使我得见月

而月不见我

亦不见树枝

20

薛宝钗根本地体现了中国哲学的另外一个方面，她的屋子里一片雪白，什么都没有。贾母一进去就说：你什么也没有？

实际上她是最早悟到这白茫茫大地好干净的人了，她不是通过痛苦和思想悟到的，而是天性如此。家里破产了，哥哥被抓了，趁有活口，劝她妈妈问问他还欠了别人多少钱，都没钱了，她也无所谓。她是真正无所谓的人。可是她一切事情都做，一切事情都要做得合适；她不求目的，她只有一个合适。这就是中庸之道。这种合适它又很微妙：这个人应这个事，它合适；他们俩之间这样做合适——它是随机应变的，又是先验的。这个合适蕴涵在她的所有内里外在中间。实际上她根本看不上贾宝玉，但她无所谓。

C：这倒是明显的，她伺候着他，尤其在后面那段。

应物不藏，对她都是跟自己关系不大，她只是做得合适罢了。一个无所求的人，你是不能以市俗经验推想他为什么，要什么的；她的行为中没有目的，就像“月映万川”，没有目的，只是现象罢了。

薛宝钗天然的悟，有一事可以说明。贾宝玉早先看戏，鲁智深有句唱词说：“赤条条来去无牵挂。”当即贾宝玉就落下泪来，林黛玉就吃了一惊，薛宝钗于是说：“坏了，这个人悟了。”林黛玉说：“哪的事呵，看我问他一问。”林黛玉就问了他几句话，贾宝玉就一呆答不上来，也就不再想这件事了。这是他第一次觉得世界与自己没有关系。那么实际上，薛宝钗说“糟了，这个人悟了”的时候，已经在前边等着他了。

21

古诗并不是一个文字形式，而是一个精神境界。

22

我讲过一段唐诗。中国人相当彻底，彻底的可怕在于，它很容易进入空空之境，而忘记了生生之境。而唐诗的可贵就在这个充满生机的空空之境——生生之境上。

《长干行》说：“五月不可触，猿声天上哀”；“五月”并不是礁石，可是它不可触，直感就是五月这个时间它不能碰触，一碰猿声就都成了哀鸣；我相信李白是无意却有意地将礁石隐到了字后面的，或者说是他顺应了天意。

我在岛上走，唐诗就一句句地浮现出来，从来没有过的清晰明亮，我才知道，什么是“清水出芙蓉，天然去雕饰”；那一句句诗都是自然的心象，与其说是写出来的，不如说是“妙手偶得之”而落到了纸墨上。

你不能让虚妄赶着，心境自然，生活也就自然，生命也就自然了；这时你便清澈干净，万物万象，通过你就表达出来了——有了一个融合着你性情的全新呈现。说唐诗空灵，空就是这个自然，灵就是生自自然的灵动。

23

中国文化有显性的一面，也有隐性的一面。隐性的一面在自然中间，它不断给显性文化提供着营养，提供着一种安宁的哲学观照，使人能够面对这个残酷的世界而从容不迫。他们知道这个世界的不安源自这个世界本身。李白、苏轼都有做和尚的朋友，王维、寒山、曹雪芹本身就显隐不定，更有大量许由之类的人，我们无从知晓。但是，在现代中国，隐性文化的一面，几乎消失了。普天之下，莫非王土。国家用它严密的统治，和有限的现代技术，摧毁了所有村社，摧毁了人们的自然生活、寺庙和桃花源般的理想诗境。中国文化失去了它寂静的核心、它的根。人也离开了他的传统生活和自然情味，开始妄想妄动，就像离开水的鱼那样妄然。这是我难以承受的，满街都是茫然的人，一阵风就能吹起所有尘土。

24

中国人有一种天生的明智，在混沌初开时，就看到了宇宙的苍凉，人如沧海一粟，没有任何希望和可能。老子说“天地不仁，以万物为刍狗”就是这个意思。承认了人在宇宙面前的失败之后，要活下去，大体有两种方式：一种是建立人世自足的生存秩序，维护形式，像孔子说的那样“不逾矩”，敬天，又知天道弥远；另一种就是像庄子、寒山那样，立足人世之外，与自然同一。

有一段时间，我读《齐物论》，觉得庄子看待世界的位置非常有意思，从自然那边看待人世文化——“以道观之，物无贵贱”，所有高低上下的标准于是都变得怪异起来。庄子好像是在继续老子的无为思想：“绝圣弃智”“绝竽瑟”“灭文章”“弃规矩”“肖行”“钳口”，实际上却是在发挥道家意识的另一极，通过“无为”灭度，达到“无不为”。他“齐物”并不是真打算同物质混为一谈，而是为了在日月天地间取得大自由，做个大游戏——“乘云气、骑日月、游乎四海之外”。

这个“无不为”作为“无为”传统的一支，独来独往，“立乎不测”，在一个高远的地方影响着文化潮汐——从魏晋之风到泼墨画到孙悟空大闹天宫，都可见这一游戏的痕迹。

25

艺术上的“空灵”，无我之境，相当于哲学上的“无为”。没有目的是寂静的，是超乎个性的；但没有目的的“我”，则是自由的，有着可能难以想象的鲜明个性。目的和概念已经不再束缚他，包括生死概念，人类的生存准则和与之相应的道德意识与他无关；他自性的灵动，使他处在永远的创造之中，不仅生可为游戏，死也不例外。

庄子就是这样的一位游戏大师。他是哲学家，是人，同时也是鸟兽虫鱼。他能够寂静地梦蝶，也能够感受鱼的快乐、鲲鹏的气势、死亡的甘美。他对死亡鼓盆而歌。他能够乘天地之正，以游无穷，对他来说做人只是姑且有之的事情，不值得以为依凭——“无待而常通”（《逍遥游》）。他对自由最重要的注释是人不必与人同，而与万物同——“万物大同，同于独化”。

为西方读者所熟悉的孙悟空，也是这样一个灵动的象征。他解脱了生死之念，“悟空”，故而能上天入地，出生入死，大闹天宫。他是一切秩序的破坏者，也是生命意志的实现者。他作恶也行善、杀人也救人，不是因为道德——他不属人世，而纯粹由于兴趣使然。孙悟空这个象征是中国哲学无不为意识的体现。

26

中国艺术讲“意味”。中国艺术跟中国哲学是一体的，前提是“思无邪”。中国艺术不图表现，它就是“相看两不厌，唯有敬亭山”；——“众鸟高飞尽”，鸟都飞走了，那些鸟呵，云呵，都走掉了，最后干干净净，相看两不厌，唯有敬亭山，就剩个你——你的真身和你的本身。

27

文化像棵树，好像有这样一个生长过程：开始时是简单的，但是很粗壮；然后就离根基远了，枝是越长越复杂，却越来越细弱，一阵风就给吹得吱吱作响，岌岌可危。

28

中国没有童话。中国有个神话。为什么没有童话？因为中国到孔子时代时，便已经老了，已经知天命了，已经弄得有点儿清楚了，不再存在着幻想。中国的艺术是什么艺术？是非常明达地观照着这个世界的艺术，看世界自灭自生的这样一个艺术，然后从中找出一些有趣味的东西来。

29

艺术是精神的创造，而人是不能创造精神的，灵感是不由人控制的，那么人的位置在哪里？人只不过是艺术创造过程中精神的一个使用工具罢了，文章是天做的，人不过是“妙手偶得之”罢了。

人可以做的，至多呀，是抵制精神的到来，锁住自己在物质世界里。大多数人也就是这样做的，整个社会也基本就是这么要求的。因为天做文章，天又是从来不管人的死活的；而人当然要把死活摆在首位。

可偏偏人又是需要这个精神的，尤其是最有艺术向往的那些人。那，精神一旦到来要做什么事，人力就不是那么可以左右的了，尤其是在精神强大的时候。强大的精神是可以从个人范围漫溢出来，而到达另一个人的；我们说的艺术打动人，就是这样的现象。最强大的精神甚至可以将许多人在一个短时间里贯穿得如同一个人。

30

中国的语言含有一种韵味，文字也是，玉器也是。

说语言是一个宝贝，它为什么是一个宝贝？因为无数的生命、魂灵在它的面前消失了，浸透在了里边，渗入到了它的背后，我们的视线里没有它们，但是它们没有离去，它们使语言成为宝贝。

31

中国文字，它们曾经被刻在骨头上、石头上、木头上、竹片上，被铸在青铜上，最后才写到了纸上，对我们现代的人消失了的对它并没有消失；它本身就是岁月，就是几千年的时代。它的能量如一支飞行的箭，它的历史便是那个被巨大的文化之手拉开的大弓，历史和文化的深厚使它的能量远远超过了我们任何一个有限生命的承载限度。

我因此热爱这个语言，我因此敬畏这个语言。

32

中国古代有个哲学家叫杨朱，他说了句可怕的话叫“拔一毛而利天下而不为”。有一天我冒出一句：“拔一毛而换天下我也不换。”而这应该正是杨朱的下半句话。“拔一毛而利天下而不为”，是因为“拔一毛而得天下亦不为”。所以不拔一毛而利天下，是因为给我全天下，要我付一根毫毛作代价，我也不做这个交易。他的意思，每个人就是每个人，都不妄想妄行去利天下就天下太平了，你的“利”亦是另个人眼中的“损”，不去利天下同时也就是对天下不存非分之想。这是典型的道家方式，在创作上便是独来独往——我这个东西可以被世界认作没有价值，但它本不是为世界而做的。

33

所有道理都隐含着这个问题，如何活，为何活，对着毫无意义的生命加以解说，以阻挡生命感知中那个无所不在的虚无。可生可死的说法在这个世界上是不畅行的；倡导死，赞美死的说法在这个世界上是不畅行的；独立于生死之外，欣赏生命的说法，或有人知，其作品倒是畅行于世，《西游》《三国》《水浒》皆是，《红楼》《聊斋》亦是。只不过前者欣赏的是生命淋漓尽致的痛快、自由，后者欣赏的是生命飘忽真切的忧伤、美丽；刀和花便是这精神的两极。

佛教对活的蔑视，道家对死的淡然，构成了东方美学中如是的审美情趣。成千成万的存在和逝去是不足虑的，只有生命的灵动、美丽是可念可惜的，这是一种纯粹的审美，几乎不带有人道的温情。它们充满兴趣地关注着这个过程，并不对生命的意义另外加以解说。

那天我们在一起说，人一辈子都在考虑怎么活，其实就是在考虑怎么死而已；所以佛教让你跃出生死看一看，这个徒然的一生，这个美丽的一生。相对任何的人生目的而言，人生都是徒然的；而相对自然万物，人生中的一切，包括人生的“目的”和“徒然”，又都是极其美丽的，尽管这个美丽是小而又小的美丽，却又是无可替代的独一无二的美丽。

34

佛拿起一枝花是须臾的事情，它却穿越两千五百年到达了我们的今天；花早已谢了，却在时间中历历在目；它是如此的乌有，又是如此的清晰。——释迦牟尼是个王子，他离弃了现世中他拥有的一切，穿越人世迷障，到达了他的境界；这时他拿起这枝花，这枝花才会展现在我们眼前。

这就是我说的东方意识。孔子赶一驾破马车周游列国，奔波十四年到处游说，贵在知其不可为而为之。他不奢求说服别人，那并不是他的目的，他想达到的是一个行为过程的尽善尽美。

现世对他来说如果是“万古长空”的话，他的行为便是他的“一朝风月”；同时这“一朝风月”亦如“万古长空”，而“万古长空”也即“一朝风月”。

要是没有这个背景的话，那就触及不到中国古典精神，更谈不上感受东方艺术的特性。

中国古代文化点点滴滴，哪怕是匠人的文化，都蕴涵着这个韵味。中国自最古老的时候起，就有人住在山里默想一言不发。中国显耀的文化根植于此。正因为这个不为人所见的巨大的根，偶尔生发出的一枝花、一片叶才会格外永久，谐和宁静，才能够穿越漫漫时空而在今天鲜明如初。

东方艺术的“灵”和“象”是在东方艺术的境界——它的“空”——巨大的隐性背景下显现的。它们是浑然为一的生命体。这样的血液也流淌在我们的身体里。

35

孔子是一个十分实际的人，但是他也说过这样的话：上天没有声音，它却使四季运行——天何言哉，四时行焉，百物生焉。我想他在做一切事情的时候，是在这个境界、这个精神之下的。中国一样样实物中间，都浸涵着这个无限的背景，所以在那些铜铸石刻、雕梁画风中才会永远地读到一片亘古清新的天地。

空中之音，水中之乐——这一切都是统一的，只要我们感受到了那个无所不在的背景，我们就能看见一事一物的美丽。

36

孔子最主要的行为艺术是他的周游列国：知其不可为而为之。

37

我在新西兰打石头，锯我的木柴，过一种这样的生活。

那里看地图是远离了中国，给父母写信最快也要一个月才有回音。而恰恰这时，我的血液中我感到复又升起了那一与自然和谐的东方精神。

所以，东方精神，我想可以不是一个地理概念，甚至也可以不是一个文化上的概念，它更像是一种目光，一个看待世界的心境。

38

“庖丁解牛”，他在结构复杂紧密的牛躯体间，看见的是宽广的自由驰骋的大路。解牛成为他的艺术形式。

39

谢灵运的一句诗——池塘生春草——被誉为一语天然万古新呵，被历代称道，而其实它真是十分平常的，就是池塘里春天生出草来了，一年级的小学生作文，谁都可能有这么一句；为什么到了他那儿就那么了不得了呢？就是因为他有整个的背景——那个观照，那个境界——有这个衬托，这平凡的几个字就顿时生机无限了。

一个人站在山上，这是禅宗里的故事，另外一个人过来问他：你站在这里是不是因为风景好呵？他说：我没看风景。那是不是因为空气好呢？我并没觉到。那你干嘛站在这呢？——我就站在这呵。

这对话要是没有中国哲学为背景的话，那就没有意思。实际上它表现了一种中国文化观念。这个意味是清楚的。但是你要是对中国哲学缺乏感受的话，那这个意味对你就是不存在的。

40

有个人冷了，他就烧佛像，人说你这人怎么胆敢烧佛像呵？这个人说我想烧出舍利子来呀！人说木头像里哪有舍利子呵？这个人说那没有舍利子就可以烧啦！——他是说没有舍利子那就不是真佛像了，就用不着供在那儿就可以烧掉了；照佛教说法，真佛是可以烧出舍利子的。

41

机锋是精神偶然推出的方式，载着观念，像下棋的某些时刻一样。

42

魏晋风度在中国的艺术变化过程中是重要的，没有它后边就不会是唐代文化。

43

死亡是没有的。中国人本来意识到的是生之渺小、死之空无，那么对着这个空无的终极，他就是对酒当歌，人生几何；但是入了佛境呢，死不过是狭小的人的一个想法而已；空并非死灭，而是充满生机，这种美丽就幻化出“采菊东篱下，悠然见南山”——“行到水穷处，坐看云起时”——“八月蝴蝶黄，双飞西园草”——那么平淡，比现在的白话文还要简单，却让你永远如最初一刻一样地感到神性。

44

孔子画了一个圈儿，人世上的。力怪鬼神，人不能知道、不能掌握的东西他都不说。那么排除了这个之后，就只剩下了人和人的关系了。他的着眼点就在这儿，让这个社会有序，以延续下去。也就是说他只取了人如泥土、草芥那一极，“灵”的那一极他是不要的，因为那个东西不好控制，纳不进规范，会破坏他认为最为要紧的秩序。而唯有秩序是人生存下去的保障，这当然说的是整体性地生存下去，个别的生存不论。

那么秩序的骨干成分他认为是等级。这是不错的，就像鸡的社会、猴子的社会里都有清楚的等级一样。形成了等级，就建立了秩序；遵守这个等级，便是他称作的“礼”。可以说“礼”是他认为的社会法则。

（M：“礼”，知道知道。）

这是一个很高明的方式。高明在哪儿？在于他在哲学上知道全部，他知道全部，因而他不说，他只说这个。看来是个方式，其实是个哲学观的显现。

（M：我就是人是重要的，并不是哲学。）

孔子的态度不是人是重要的，而是人是无奈的，人的延续是唯一的，尽管没有意义，但是是只有选择延续下去的。他妙就妙在不谈这些道理，他就是将这个圈儿画这么大，到此为止。所以如此，是因为他在哲学上看到了一切。哲学对于他是在先的，至于人，正是因为他依据中国哲学将人放得极低，才可以让他的社会秩序成立。你可以看得很清楚，在这个“秩序”中间，人是完全不重要的，重要的只是整体性的延续，至于人的个性的发展、个人的喜怒哀乐委屈冤枉都是毫无地位的。

中国的哲学表现同西方很不同：西方要论证清楚，要说服人，要传扬；而中国的表现不是说，是做。做的事情却又是次要的，重要的是那个不去说的东西。那个东西是个大大的背景，是个无所不在的威慑；是不言而可喻，喻而不可言的。你明白这个意思吗？

45

中国哲学不是说出来的，是体现出来的。它说只是零星的偶然的片言只语，至于你听不听，听成什么样，凭的就是感应了，悟性。因为“道可道，非常道”，说多少也够不着；而一旦悟了，就知了，完全没有逻辑的过程。

因此你要想了解中国哲学，你就应通过这一“体现”而感悟；即使读文字，也应该把它作为一个“体现”来看，而不是咬文嚼字。中国哲学到后来体现为一种什么东西呢？体现为一种修养和性情。

M：修养和性情。

这个体现是哲学本身，而不是一个宣扬方式；它自身就是终极，所以就没有方向或者目的。它的内在是寂静的，表象呢，无为地隐现在或许是种种有为的行为之中，一旦被碰，它会有一个反应，这时它就显了，而平时就不显。

46

字的生活是这样的。中国文字的历史非常久远，一个字经历了上千年甚至几千年的生活历程，在这中间人家给它加上了这个那个的意义，这就像是它做过了好多工作，上过了很多的学一样，各种经历都在它上面打上了烙印。像“经济”这个词到处流通，诺贝尔奖也设它一项。我在山东的时候，老乡用它是说个“合算”“节省”的意思。

要是你问李白，李白在他的那个《嘲鲁儒》里说“问以经济策，茫如坠烟雾”，你说你是讲钱的事吗？那，这个时候这个词还没有后来的经历，风貌正大不一样呢，经国济邦，经世济俗，没准儿是字的这个生活机缘让“经”“济”碰到一起，结成个词的，再继续一起或分别经历生活。传说它们去了日本，就沾上钱的意思了。

一百年前你说“随机应变”，是一个涵义，现在你问意思，人家可能会说就是“机会主义”。那么中国词的意思它是从其中的每个字来的，从字和字之间的关系来的。字和字之间有一种有时严密有时松散的组织关系，各种字可以加入可以退出，但又并不那么随便，甚至还要经过类似人们经历的那些手续：申请、考察、合格不合格、接纳不接纳、留党察看、开除。

字和字之间有一个礼貌、一个行为规范，好比我们现在吃饭，中国人的客气、中国人的对吃饭的态度，就将吃饭固定成了一个特有的形式，每个吃饭的人之间的表面和隐含的关系一般就在这个形式之下显现。

中国字呢，它的一个显著特点，就是它是个个独立的，从外貌到内在健全完整，它能独自直接做事，它远远不仅仅是一个符号。你让它组词，它还有脾气呢，就不给你好颜色看；而有的时候，它自己就找到了结合者，令你大吃一惊，再一看，还真是不仅新鲜而且漂亮。

一个中国字，就可以说是一个自然生长的生命，从最初的诞生就是生命的。人们画一幅画儿，画儿的线条是富含表达的；我们看最早的甲骨文、金文，每个笔划都充满了这样的一种生长的生机。那么自然长花长草，自然的精神长出来的花草就是中文。中文因为有这样的先天的灵动，所以它的表意空间，它的组词空间，我想比起西方文字来是要大得多的。

47

对于我来说，一个字的到来是从哪里开始的？是从声音开始的。字化作声音的形态到来，再复原为字。比如那个“烟”变成“丫丫丫”的声音逃走了，挥发了，如同“水银”，常态下是可视可感的发亮的金属，忽然一个情形，它就变成空气不见了；但是呢，不知什么时候，它又会回来，像是变成“滴”“滴的里滴”的声音，突然就又来了；它还能继续凝结成文字，显示生活、历史、文化给它的意义，以及它的这一番周游，自冥冥带来的新一重涵义。

因为我感到了每个字自身的灵性，所以到了《水银》的时候，我就不再强制地组合它们，我让它们自己组合；在我心动的时候，字就会像万粒水银受到一个震动一样，出现它们的排列，这个排列简直就像我的心电图一样，我相信它是完全因应我的心跳的。

特别有意思的是，当它们排列之后，你可以观赏——整体的以及每个字的好看不好看，它们的个性和它们之间的感情联系，排斥和吸引，新鲜的词和句型，奇特的跳跃、转折，颇耐捉摸的又暗藏着绝对完美的整体……看来看去，可以看成一幅幅画；说“一幅幅”是因为换个时刻或者情境看，居然会是又一幅画，而且还可以看出一个个的故事。

48

那会儿学画，有句话特别让我开窍，就是“至人无法，无法有法，乃为至法”。我觉得这“至人”就是脱开了人世观念的人，“无法”说的是精神的自由不受任何观念的羁绊。

说“无法有法”，是说这个自由又是在一个终极力量控制下的，这个力量既是你自性中的，又是冥冥的。

这个大约是中国自古以来就一贯认知了的。

49

不说现在吧，就说传统知识分子吧，有一个大毛病，就是考状元呵什么的。于是所有的知识学习和艺术创作都给纳入了等级，以此标示一种人生的价值。我觉得这是一个错误。其实诗表现的只是人格，而人格一给纳入等级里，就没人格了。人格跟价值毫无关系，人格是完完全全地超价值的；给人格标价，说通俗了就叫侮辱人格。

等级像它设在各种不同的职业中一样，不能表现生命和精神，而诗是纯粹生命和精神的显示。如果混到现实的等级评比里去的话，那我可觉得诗就太没意思了。

陶渊明他自己种地，种地喝酒之余写一点儿诗，诗只面对他自己；他一点儿不想拿它去建功立业、留名青史。他的诗因此才有可能好。他的诗里清楚无二地表现了他的人品。

如果你去考状元，目的是上榜，诗必就老实不客气地表现出你的用心；这时你最好就写明白，我写诗为了上榜；当然你这样写就上不了榜了，真为上榜必就不这么写；所以以这样的目的为企图的，他的诗只好是说假话的，为了上榜还要说成是为了什么别的；这“别的”就在怎么符合上榜标准里找了。可你无论怎么掩饰，你的用心必是仍然彰显无遗。这样的诗即使完全符合上榜标准，格式呵、音律呵，甚至学识、“气势”、“新颖”呵什么的，都给打上满分，但我还是不会觉得那是好诗。

文学是精神世界的表现，而上榜这类实利企图它绝在精神世界之外，你掺上了这个，你的文字就纯正不了。所以为上榜而做的作品就没有出神入化的。当然如果你出于本心而恰又合了标准，那也是可能的。但你首先必须是诚实的；而上榜是偶然的，是不应在你写时的预期里的。

50

那个弘忍和尚就是五祖问慧能说：你来干什么？慧能说：我来做佛。五祖说：你是岭南人，怎么做得了佛？慧能说：人有南北，佛性并无南北。五祖便让慧能舂米去了。从五祖到慧能，他们心里有个感应，可以去舂米，也可以去说法，而佛无处不在，没有什么可以改变精神，除了冥冥。但一般人读来，这两句话就是不可解的了。

51

《春江花月夜》中说：“滟滟随波千万里，何处春江无月明。”《春江花月夜》从月升写到月落，整个过程，真切如梦；最后唐诗美丽的境界变成了林黛玉和贾宝玉这样的真人的心性。在这样的从月到人的变幻之中，中国宁静的佛性和清洁的女儿性，发生了一个微妙的重合，女儿性天然的自如、洁净、独断，和佛性的禅意叠映——语言直截，心性自现——使我不时地想起儿时醒来远处闪烁的声音，隐现在树声之中，却是那么的清晰……这时你看见的像是多角塔上的铃，感受到的是看不见的却精美无比的风——这风一如我现在谈到的性情，当它轻拂而过，就给我们送来了那一清晰而闪烁的声音……这个声音让我此时一再地想起《红楼梦》这样的故事——女儿的性情是天上来的，女儿天性的美丽是天上来的。

52

有时候上天会显示一个奇迹在哪儿呢？它那个自然的力量之人，以至充沛到不可能达到的语言中间，而使语言产生出一个非凡的自然状态。比如说“八月蝴蝶黄，双飞西园草”就是一句白话，但是由于那个微妙的力量的进入，就一下“五月不可触，猿声天上哀”，让这样平白的话无限灿烂起来，或者说让一个平凡的自然景象无限灵动了起来。

53

最不可思议的是这个“五月不可触，猿声天上哀”，它美丽得令人不能相信。从字面上解，是说五月船要过的话，那儿有个礁石，你可不能触上它呵，那里水很急，“瞿塘滟滪堆”嘛；可是它忽然就是“五月不可触，猿声天上哀”，这整个直感就是那个“五月”是不能碰的，时间也成了灵体，一碰就伤心欲绝，天上都是猿的悲鸣呵，——多漂亮呵——那个心境透澈得。我说的那个非凡的神奇就在这了，它使只涵盖一个固定范畴的字辞，顿时焕发出了阳光和花香一样，忽然就活出了好几重生命。

54

无为无不为是一种哲学境界，却也是中国人的潜在心态。人通常需要安全的生存，需要秩序，某些时候却又需要无法无天——超越生死的自由自在。这个钟摆一直在哲学和人类历史间缓缓摆动。

55

自然而然是一句中国成语，人们在使用中，似乎已经忘记了它的本意。

但每个使用者又都知道，这个自然不是指与人意识相对的自然界，而是指一种没有预设目的的和顺状态。

也可以说这是中国哲学的最高境界。

老子说：人法地，地法天，天法道，道法自然。这个自然是超乎人类的，又是人的最朴素的心境。

“自”是本源，天生的状态，规则，我外无他之我。“然”是一个轻微的态度，同意、接受和这样的意思。

如果一定要分别的话，也可以说“自”是本体，“然”是哲学的态度。庄子把具有这种态度的人称作“然若者”。

虽然于“自”显示的指向不同，但“然”是中国古典哲学道家、佛学、新儒家几乎共同的态度。

56

魏晋疯而不笑，明末笑而不疯　　趣味即神明。

57

有了佛学还有哲学

这真奇怪

58

中国哲学不含希望；但是你看佛教有一个希望，这个希望它很微妙的，是一个十分寂静的光明。

C：那么道教呢？

道跟佛的感受起点是一样的，就是天道无情，人微不足道。

但是“死”，道教是空虚的，要不然道教为什么老在那儿鼓动人活得长呢，是吧？

而佛教在这个“空”的后边有个“生”。这个“死”不是结束——“红豆生南国，春来发几枝”，就有了一个生生的境界，一个如同春天的临照万物。

C：那道教、佛教的区别就是，佛教是在活的时候也有春天？

在活的时候，你是死的；死了以后，你将获得真实的生命。这是佛教的。

C：那么道教呢？死了以后就？

道教是呵，道教的那个自然哪，讲心的自然，也讲外在的自然，讲这两者的对应；佛教是完全讲心的——心透，你按本性生活。

C：可是中国的佛教和道教是密不可分的嘛。

佛教，它是作为一种精神改变了道教的，产生了中国的佛教——禅宗嘛。

C：对。

这就好像是光进入水里一样——水本是纯洁的，纯粹但是是黑暗的；光进入以后水就明亮起来。这就成了中国的佛教。你说它是水还是光？

59

其实一般老百姓呢，中国人是这样，你说他信呢，他也信，你说他不信呢他也不信。亲人死了变鬼，理所当然，但是呢，要鬼真来了，他为什么要逃跑呢？他害怕，他避鬼，鬼不吉利——他这个东西就是矛盾心理。

Z：西方人说因为我们有上帝，所以我们不信鬼，因为你们不信上帝，所以中国人都信鬼，你说这样说有没有道理？

有道理。人的精神支撑呵是这样的，他两个脚，一个站在虚无中，一个站在生活中。如果没有虚无那边儿那只脚哇，生活这只脚是站不住的。所以人不解决这个问题，哪怕用一种最粗糙的办法解决——或者哲学上的，或者宗教上的，或者心理上的——他就不能生活下去。

……

你有形体，谁都可见，来去藏也藏不了，可是你有一个谁也看不见的你，小孩子时就有了这个感觉——这是你，为你独有，是你的秘密，是只属于你的秘密。那么这个东西到底是个什么东西？它哪里来的又哪里去？

60

你看这名家他从“名”，就是从概念出发，沿着逻辑走，结果呢，白马不等于马，黑马不等于马，黄马不等于马，那还有马吗？确实你还就想不出一个纯粹的超越了任何颜色的马来；那么这个马是什么呢？

是道。

哎，道，真知。一个事情。就是说呵，你以“有形”，达不到“无形”，而那个“无形”却又是实质——你达不到它，可是呢，所有的“有形”都是由它而显映出来的，同时又在回归它的过程中消失于它。

名家他不说这个“真知”，他就待在外层上，给你变点儿戏法，让你看这怎么套来套去都不对呵，哪儿错了呢？——那个真知，他不说了。因为它是名家，它就在“名”这层上给你折腾。可是它有一个至名，你知道吗，就是高于一切的名，那就跟道几乎是一个东西了，但是呢，它用了这个“名”字。“名可名非常名”呵，就近乎那个“常名”，哎，但是“常”那是十分平静呵，这一“至”呢，就好像有了点儿意志色彩。

这个“名”跟“灵”觉得更有点儿什么关系。哎，但是它跟“道”似的，并不到人间里去掺和。这点跟“灵”不同。我感觉是“道”而后有“名”，这就是“道生一”；名而生灵，并生万名，灵生万灵，这是一生二，二生三，三生万物，大千世界就显现出来了——那么“灵”这边就是所谓的主观，“名”这边就是所谓的客观。而它们呢本是一体。

……

这个至名，它真就还含有一些信念的意味，你看，要不它怎么诞生灵呢？“道”那就绝是一个无情的冷静了。所以我可能更接近的是“名”，离“道”尚远。

……

道极其冷静。也正因为它绝对冷静，所以它才可能诞生万物同时收回万物。冷静得无声无息。

道家，在名家游戏“名”的时候，它是直接谈“道”的，就是强调真知。这又是个现象，很有意思。道家站在道上看，那么万物是从道向外扩散去，就跟宇宙诞生的过程差不多。而名家呢，他意趣在表象上，因为他在表象上发现了一个东西很好玩儿，很滑稽，所有人还都离不开它，这个东西就是逻辑；那么他所以能看到这个东西滑稽，是因为他核儿也同样是在道上的。

但是它的意趣在表象上。

哎，他就不给你往里走了，他到此止步，他让你接着走；这就是我说的它的狡猾。因为那个过程，是个走回虚无的过程，有点儿像是现代科学描述的这个诞生于大爆炸的宇宙，最终归为诸如黑洞一类未知的那个过程了。他对那个好像没啥兴趣，所以说完了它的逻辑，就不说了。而他不说的地方道家倒是比较专注的，尽管道还是讲诞生的过程，篇幅大大地超过讲毁灭的过程；而且毁灭的过程都不是直接描述的，只能从“天道无情”“及我无身”这样的话里看出来。

61

女儿性最重要的一个特点，就是净——干净；我想这是《红楼梦》作者之所以推崇女儿性的第一原因。

洁净如水，心静如水——佛教也是讲净（静）的。它没有天国，只有此刻单纯的微笑；它唯一的神就是心与身的和谐，所谓天人合一，人和外界静于融洽状态，清净而无别。

这点在《红楼梦》的女儿性中，亦可以看得很清楚。

在《红楼梦》里，人无论好坏，只论清浊——其中的女儿性恰恰体现了中国人对于人性和佛性这种和谐的最高梦想。

男性化的醒悟往往在于领悟自身的虚幻，将人归于天；而女儿无须这种领悟，她们是天化的人，自身就是上天无尘的花朵，在显示冥冥之时，上天也不能不欣赏自己的创作。

62

《红楼梦》里的贾宝玉读的也是禅的书，像那些语录，《五灯会元》等等，后来不读了，他说道理并不在书里。他是从一个梦里知道的，“佛性常清净，何处染尘埃”，从此就不再为女儿的身世担心——“明镜亦非台”，女儿性并不等于女儿，而女儿性是无可污染的。这是他思想的一个大变化。

这种透过女孩显示出来的女儿性，也就是林黛玉的“质本洁来还洁去”，自一开始便吸引着贾宝玉。贾宝玉是个喜欢女孩儿的人，但他并不像一般人那样，要把女儿抓到手里，他只是爱她们，为她们服务，怕她们受到污染。人们开始以为他是很好色的人，但发现他并不像一般人那样，要求实现肉体的愿望，他是想像女儿那样和女儿在一起。贾母说：别是弄错了，他原本就是女儿罢？这是一句关键的话，贾宝玉对女孩儿的珍惜，和林黛玉对自身的怜惜是一样性质的，都是出于对生命，对自身和本性的信仰。正是这种洁净的信仰与热爱，使他们洁身自好，同时不时惶惑这样的美丽来自哪里。整个《红楼梦》写出的就是这样一个过程。

《红楼梦》里有这样一个情节：司棋被女人们带走，贾宝玉拦不住就发狠道：真不知这些女人是怎么回事，长大了沾了男人的混账气，就比男人还要混账。贾宝玉边上的老婆子就笑他说：这么说女人都不好，女儿都好？贾宝玉说：就是，就是；又说：对，对。那老婆子说：那我倒有一句话要问你——这句话还没问出来，贾宝玉就被人叫走了，王夫人在抄他的家。谁也不知道老婆子到底要问他什么话。我以为这句没来得及问出口的话就是：那么女儿是哪里来的？不是女人生的吗？贾宝玉的迷惑其实也在于此。直到最后贾宝玉才知道了：这些美丽是从天上来的！

答案就在这里：这一切都是太虚幻境的一个影像。实际上应了歌德那句话："不可名状者，在此已实有。"——这一切人间若有的生活，只是为了唤醒他生命的记忆，使他脱离人世伦理，重新回到美丽之中。

63

我以为《红楼梦》之所以这么漂亮，不在于它仅仅是写好了一个什么故事，或者表达了一个什么哲学的观念，而在于它体现出了中国精神的一个特别美妙的部分。

这个美妙的部分我觉得在西方文学里本来是个绝望的部分，就是浮士德的那个“真美呵，你停下来吧”，但是就消失了的部分，它不停下来。执者失之嘛。这时中国人采取了一个什么办法呢？——此时无声胜有声，此处相望不相闻。

任万物自生，如天观世——她们的美丽，每个自在的生命的美丽，不予驾驭的，自现而自隐，自灭而自生。林黛玉和贾宝玉，那么深切，也没有说，我爱你，一点儿也没有；它就是两个心性的显示过程。重要的还有林黛玉和薛宝钗之间的关系。

其实贾宝玉，可以看出来，他的心性是很弱的。而且书里边的男人差不多都是个虚影，就像《聊斋》一样，里边的女子才是精灵，是其生命所在。

林黛玉的显现，是她自身梦幻的显现，没有对象的，一切都春光灿烂。就像一个女孩子一会儿想跳舞了，一会儿想穿好看的衣服了，完全是对自身的，自身闪耀出的漂亮，就像纪伯伦说的，“美是永生揽镜自照”，你是永生也是镜子，这完全是一个水仙花的故事。但是她再长大一点儿，她会把幻影投在贾宝玉身上，而贾宝玉永远不是她的对象，哪怕结婚也不是。

64

我感觉上最痛心的，还不是中国的混乱，最痛心的是这种女儿性的丧失。

中国的东西虚幻而且微妙。《聊斋志异》里有句话：女子的美丽，不在眉宇肩颊之间，而在肌肤之中。就是说她是一种质地的美丽，心性和质地的美丽。《红楼梦》好就好在说的是这个。至于胳膊怎么样，腿怎么样，眼睛瞪多大，是次要的。

C：你要讲这个，大家得逗笑了。

这是樱花和刀。你讲樱花，大家都是爱听的；要是讲刀，就玄了点儿。

我讲过一些中国古典诗词的语言体味。所谓空灵之美是同唐诗的读音，同它平白、无形无言的意味一起的，所谓不着一字，尽得风流。

我喜欢《长干行》《春江花月夜》。

我觉得确实，最高的美就是和谐。这和谐就是完美的同义语。和谐不是一个平衡，就跟中庸之道不是一个折中主义一样。它是一个你离开了这些分别，回到创造本源去的状态。

一般人老把和谐理解成半斤八两，这有点儿荒唐。

……

在中国就是出神入化。出神，你离开了那个精神僵滞状态，入化，入了个大精神，这大概就安宁下来了。精神在人间永远像个幽灵一样地游来游去。

中国的“无所谓”“不在乎”“出神入化”“灵机一动”，都是很简单的词，普通经常用的词，可是却显现着，或者本就是一个精神背景和境界；包括那个最最常用的“知道”“不知道”。

中国古代语言跟西方语言比，一个大的特征就是它含意指向的非单一性，它的含意指向甚至可以是无限的。像老子说的“道可道非常道”，你怎么理解都行。

中国的东西妙就妙在哪呢？妙在光而不耀。它的光不是亮，不是一种强烈的外在显现。你的光芒只要一显示出来，就有方向了，就有投影了。它的光整个是含盈在里边的，它根本就没有出来，但同时这光的显耀，它的可能性就增加到了无限；因为它引而不发，它便可能这样也可能那样，永远是个未知。

“若有”，这个词不绝吗？“未知”，知，是个未知——也存在着无限的可能性——百应百有，百说百有理。语言到了这个程度，实际上它变成了一个实体生命状态。这个字好像是活的，它活在历史中间，它可能发展成任何意思。有一次我和一位朋友讨论，他忽然明白了，我就说：呵，知之为知之，不知为不知。于是这话的意思就成了：知道的人就是知道的。就和禅语“饮水知冷暖”那样。不知道的人你永远也无法让他知道。就是你，是即是，不是就不是。我的朋友于是笑。孔子原来讲的也许是学习态度的问题，但是语词，随着外界跟你发生的关系的变化，一旦成为你的之后，就有可能出现新的涵义。

C：瑞典原来的汉学教授高本汉说：中国的语言是个文学的语言，它让你的想象力发展无尽。

当我理解到这一点以后，我真爱中文，它对于写诗真好。那么未知，又那么具体丰富。汉字，不仅是一种表意的工具和零件，而且它有着自己的面貌和性情，有着自己未知的生活。活，是美丽的，而活又是没有任何前提的，一切灵机而生。

C：（谈及马悦然先生在《莱因通讯》上的一篇文章，说顾城是一首走动的诗。）

这我不知道，不知道他说过。马悦然先生曾就我的诗介绍说是：根于“文化大革命”。在结尾部分又说我采用了西方的现代形式，但表现的是“道”的神秘意识。是篇很短的文章，就叫《根于文化大革命》。我想也确实是，要不是“文化大革命”，我恐怕难以出现这种思想和感觉。“文化革命”，那种荒凉，那种寂寞和那种诱惑，都是同时的。

那老先生挺好的，他差不多把中国文化变成了一种修养。有一天，我们一起烧壁炉，一起看火——他年轻的时候，跑峨嵋山去了，搞禅宗。我看他那么安宁的样子，那个时候，五年前，我正不安宁呢，我问他：“你觉得有没有一种东西是我们所不知道的，但是是真正生命的东西？”他看了我半天之后说：一定。声音很轻。我觉得要是人不领悟这一点，是很难得到安宁的。

谢烨那会儿还说过一句可笑的话。我问了他个很笨的问题，问他是不是也有思想混乱、不安宁的时候。谢烨说：“他不乱，那跑到中国去干嘛？”

人如果要去寻找什么，必定是在他自身混乱的时候。如果你安定，你就不找了——你就是。

65

中国人有这样的骄傲，可以不当人，可以当泥土或者当空气，我的生活也是这样的。我可以是泥土，等待来自天的雨水，等待灵感、精神注入我生命。如果它不来，或者离去了，我依旧可以像泥土一样生活，搬石头、锯木头，度过所有时间。它不来也很好，它来更好，这是我现在的态度。

而且我说了，因为你要做一朵花，才会觉得春天离开你；如果你是春天，就没有离开，就永远有花。西方人很伟大也很可怜，他们很固执，他们抓住了人，他们一定要做人；但是没有精神的时候人是什么？——人就是泥土。而他们不肯接受这个命运。中国人的血液里是游动着这个宿命的，“知天命”，中国说。

西蒙：这是一种比较谦虚的看法，不认为自己那么重要。

这也是一个最骄傲的态度，将自己降到最低的时候，便也就傲视了一切世间的荣华，无视那些东西，那么也就获得了最大范围的自由，没有什么还能诱惑和缚住你了。

西方人他们永远认为人是重要的，而这是一个孩子式的看法。我写《我是一个任性的孩子》时也是这样的看法。说看法不如说本性，那首诗显示的是我的本性——我一定要坚持我的要求，一定要这个东西，不管有没有，没有我也要。这的确是小孩子气的，同西方精神在那个时候给我的鼓励大概也有关系。

但是越往后，我越走到中国的古老的境界里去了，也许也是因为它能平复我的本性吧，平复掉我本性中对愿望的强烈的实现要求。古老的境界并不是说死，或者叫你无所作为，你可以做适合你做的事，但是你不为结果苦恼。

西蒙：我们这两天听过很多人谈到今天派、朦胧派等，但是我觉得你跟北岛、芒克这许多人不大一样。

我也写过社会性的诗，甚至也写过革命式的诗，也喜欢过西方的书。不太一样也许在于我觉得做不做一个诗人，或者做不做一个人不重要。北岛有一回宣布自己是一个无政府主义者，他问我：“你认为写诗是不是和政府没关系？”我说：“没关系。”他说：“那你为什么不宣布你是一个无政府主义者？”我说：“我是无者。”这是我喜欢的变化。惠特曼说：“在所有安排好的地方我们都不能停留。”我没有那些目的，我要的是活，是生命的自由。

66

也许在两千五百年以前，中国还是一个相信鬼神的民族。后来有个屈原这样伟大的诗人，他写了篇《天问》，对天提出很多的问题，对鬼、神都提了很多的问题。

自他之后，人们好像忽然就明白了，对这个世界问“为什么”完全是多余的。

老子说：天地不仁，以万物为刍狗。

佛的说法，人不过是大千世界中的一些灰尘。

这对人的自尊心似乎是一个很大的挫伤。那么中国人采取了非常现实的态度，就是说不理睬这个天，自己按照一个秩序生活下去。这就是孔子的思想。

还有一些人，不愿意在这个秩序中间过活，他们就跑到社会外边或者人群的边缘，自立一个态度。这基本上是道家的风格。

庄子是被归为道家的很有特色的一个人物，他有一个很著名的论说就是“齐物论”。他说“齐物”并非完全没有目的，他是要在天地中间获得一个大自由，乘云气骑日月游四海，就是到处逛。

67

有人说中国哲学家是有情无累，但也是有理无累。六祖慧能说，得道者道理围着他转，不得道者他围着道理转。他们可以说道理，但并不被道理所困。有则有，无则无。道理亦不过符号，而任何符号不过是姑且有之的，在哲学上不足为凭。老子说：“视之不见，名曰夷；听之不闻，名曰希；搏之不得，名曰微。此三者不可致诘，故混而为一”；“……绳绳不可名，复归于无物”；“……吾不知其名，强字之曰道”。

有人问马祖说："和尚为什么说即心即佛？"曰："为止小儿啼。"曰："啼止时如何？"曰："非心非佛。"

尽管中国的为道者对知识说了许多不恭的话，但在求真知上，他们其实走得更远；他们深知，要了解道，了解那个全体，必须抛弃人的局部经验。在这一点上他们是很彻底的。

而正是由于在求真知上的无私、彻底，中国哲人方才对于表达方式和使用语言象征，采取了无可无不可的随意态度。

68

我们可以用很多方法来研究哲学，但这只是对于哲学的研究，并不是哲学。在纯哲学的表达和体现上，所有方法都显得无能为力。"知者不言，言者不知。"（《道德经》）哲学是超言的，甚至是超知的。在真正言及这个事物的时候，老子说："知不知者上。"苏格拉底会说："我知道我什么也不知道。"

东方哲学倾向于"空""无"，善于用直觉和意会以感知和表达。他们对于超乎人的理解力和表达力的事物——自然，有特殊的兴趣。

但是他们并不企图以思想为工具来掘取它，他们不是盗火者。他们深知自然是超乎人类知识的。知识和方法在中国被称为“术”。每一种可以重复的方法都含有不自然的目的性，在使用时都是有限度的，与自然的无限性相悖。这就是老子所谓的“执者失之”。

为学为道，在中国是两个概念。

为学永远含有目的性，为了到达这个目的，它要求不断增加和完善自己的能力，这也就是“学而知之”，“为学日益”。

而自然之道是没有目的的，它不需要增加也不需要减少。所有相对目的而言有效用的人的知识，只会遮蔽它，而不能到达它。为道者所要做的事情，不是增加知识，而是减少概念，使心无依无傍，无牵无挂，无遮无拦，乃至无心，合乎自然，也就是达至老子所说的与“为学日益”相对的“为道日损”的不知之知。

69

把哲学的观念推到极限，容易使人产生一个误解，好像哲学是隔绝于一切事物的。其实不然。哲学恰在一切事物之内，同在同往。感知它，关键在没有执着和预设。中国哲学的自然之境，可以将人从有限的概念中间解脱出来，成为自然人，又叫真人。

自然之境的体现并不抽象—— 一举一动，一花一木，担水劈柴，皆可显道。一个真人，不一定非得住在山高林密的地方；他无牵无挂，无可无不可，故也可能做所有人间的事情，为官为盗，娶妻生子，生如虮而美如神。他予以改变的不一定是存在，而是存在中的迷误。

“自然之境”并不要求特别的形式。自然之境中的人，会由于自己的秉性诞生自己的形式，也会不创造任何形式。因为已经解脱了人的观念，无己无我，他便不再会为自身的存在所困惑，也不会为自身的泯灭而惶恐。他无私无畏，秉性依旧，与命不违，可生可死，从心所欲。他“从心所欲不逾矩”，这个矩就是他的心性，两者无别。

70

中国哲学的自然之境与中国的诗境相合，都是一种无目的的自然观照。“相看两不厌，唯有敬亭山”（李白）。人山相映，物我无别，与庄子梦蝶，堪称异曲同工。

无为与忘我，不过是一个事物的两种说法。达此自然之境，便没有了分别之心，没有了妄念，看山是山，看水是水，一切尽在自然的变化之中；“泛若不系之舟”的比喻，在这里失去了语言对象，变成了“野渡无人舟自横”（韦应物）的自然场景。这是一种超功用的语言表达。

中国唐宋年代，是禅学的极盛时期，也是中国自然诗境最为明澈的时期。在禅学中隐约不言的境界，在诗中得到了自如的显现。这不仅因为诗语言是可以超观念的，更因为诗可以穿越外象，达到“象”由尔显，复所归的地方，“道”生“万物”乃至之前的地方。“超于象外，适得寰中”，“言有尽而意无穷”，说的都是中国诗歌的这种功能。

在这种明澈的诗境中，语言是属于自然的，如花草树木，自生自长，灵悟隐现，如鸟飞鱼跃，作者和读者，都处在与自然不隔的状态中；不是像旅游者那样看待风景，而是像空气和春天那样，体悟万象和自身的变化。

从西方的语言习惯来看，中国古诗最大的特点是缺失主语，语法不确定，视点变幻，少有抒情的“我”；它的核心也不是理念，而是一个空，空与象一体若有似无，无身而有情。这些对于西方读者来讲，是很难想象的，在翻译上会感到不可逾越的困难。

这不仅是一个语言习惯上的问题，它更表现了一个与西方观念迥异的哲学宇宙——一个不以人、思想为主体的世界，一个没有目的的自然世界。语言是文化的核心部分，而这一语言随时暗示着“无我”。

“行到水尽处，坐看云起时”（王维）——为何行？为何看？谁人行？谁人看？都不是诗的问题。诗只表现一种状态，万物依缘而生，尽为客，尽为友；所以李白在他的诗中说：“举杯邀明月，对影成三人。”

正是这个“空山不见人，但闻人语响”（王维）的自然之境，使我们看到了我们处身而未感的人的自然生活，看到了生灭交替，光阴潜移，春秋轮转，日月如梭，花落去，燕归来，“有”在“无”中充满意味地隐现着。

也可以说在中国诗歌里显示的自然之境，比在哲学中描述的，要清晰得多。

书

About books

1

……我读的书非常少。

M：是这样的？那么你说的东西从哪来的？就是读书来的。

读了几本。

M：那就是多少读了几本。

我读书经常是这样的，一般性地浏览，忽然有些字就特别清楚起来，我一看，正正地印证着我的想法。

M：那大概的意思就是不读书而思考。这样很危险。你懂这个意思吗？

但是孔子还说过这样一句话：生而知之，上也，不读书而知者上；学而知之，次也，因读书而知道，是次一级的。

M：对对对。

然后是困而后学，最差的是困而不学。

M：我也知道这一句话。

那么毕竟还是有第一种人的。

M：第一种人就是圣人。

也不一定，人本质中是有这种东西的。老子说过：不出门，知天下。这同那个俗语“秀才不出门，全知天下事”可不一样；他不是说读书。

M：对。

你走得越远，你离“道”就越远；实际上，“道”就在这儿，就在你的血液里。

2

我刚来开会的时候听到这样一个说法，说这个王国维呀，将这个叔本华都给翻译错了。但是我说呢，他的翻译，精神没错。这怎么讲？我是说他们有共同的精神。这个窗子透进来的光和那个窗子透进来的光，方向是不一样的，但是都是天上的光。具体的字句，每个人的读法、理解可能是不一样的，但是在那一瞬，因为他们有一个共同的精神，就“懂”了。这是我的想法。我真正精神遭遇崩溃的时候，我就看懂了梵高的画，不是去看，就是看见了，真懂了。那个时候，我也读懂了惠特曼的一些诗。我不能说我懂的就是梵高、惠特曼想表达的，但是我觉得它表达的就是我。

实际上艺术唯一的美妙之处就在这了，就是它成了我，我成了它，“物我两忘”，合一了。

3

能唯一给我启示的是我的梦，并不是书，不是别人说的话。我想这是因为梦是从我的生命里来的，而书或别人的话，就不是，它们起的作用只是对我梦中的现象予以印证罢了。比如法布尔的那本书，我刚得到的时候，我就觉得是一本我的书，我觉得我是见过它的。

书并不能告诉我我不知道的事情，因为如果我的生命里没有，我不可能因为书而知道。

4

世上只有一本书就是你，别的书，都是它的注释。

5

放下书，猛地知道，自己在新西兰的山里边。已经天黑了。

6

我现在并不当真地去看理论的书。我想这也很自然，因为读着不觉得与我有关。我读诗，读文字，能读进去，总是因为在其中读到了我。昨天开会我还说，我看文字只有是我写的和不是我写的两种，也许是因为我还没有读到过“我写的”理论吧？不是我自己生长出来的理论，便同我的生命没大有关系，我便没什么兴趣。至于我搞理论，那只是随情随性，看我的生命力量到什么程度了，我并不想建立什么体系，确立什么目的。

7

制造理论时
和实际的吻合
并不看重
忙就忙在
压倒吞并
另些理论
人类统治欲盛
此一验证

发明理论
像套上透明的头盔
和实体已经隔开
真正的认知
和这头盔无关
从灵魂直达宇宙
没有征服和失败

一切理论的统治
都暂时得
像一个帝国

（1985 年）

8

中国有几本著名的小说，差不多都是这样的，书的开始人物个性非常鲜明，很吸引人，但后来就慢慢地意思不大了。他们先是一些自然的强盗，一些造反者，或者是一群女孩子，性情很活泼的，但后来她们结了婚，或者当强盗的去做了官，或者孙悟空去取了经，人就变得没那么有意思了。

9

《水浒传》有它的原则，这个原则就是看你是不是真的，是不是一个好汉。这“好汉”跟道家的“真人”有点儿相近。它就是不管你是不是书法家，是不是钦差，是不是读了多少书的人，这都不管，它就是看你是不是磊落。你看梁山泊的人，干什么的都有，从小偷到皇亲国戚，到柴大官人，都有，但是他们在这点上是平等的。这点是哪点？就是看你是不是一个说真话的人，不畏生死的人，敢做敢当的人。

10

还是从法布尔的《昆虫记》说吧。读那本书让我感到一个人跟一个小虫子一样，他看不见自己的命运，但是他能够看见早晨和夜晚，春天和秋天。死亡的莫测和生命的快乐，一直在我的心里，它交替呈现着。时常到了一个时刻，就有要写下字来的愿望。我并没去特别地想写下的那些字是不是诗；我父亲说是诗呵，我就很高兴。

11

我喜欢陀思妥耶夫斯基、法布尔、梭罗。

陀思妥耶夫斯基让我感到罪恶在我自身，做坏事比死更可怕。

梭罗让我感到绝对精神的美丽。

法布尔对微小事物的巨大热爱，让我希望像蛐蛐那样唱歌，而不是像喇叭。我知道了心灵的声音再微小也能传得很远，哪怕无声也能听见。

12

沈从文小说怎么看怎么顺。

凡有做作必是说谎。

世上万般事皆可说谎，独艺术不能，故世人将艺术叫成大谎。至于这谎何以比现实还要诚实，世人就不去追究了。

13

我喜欢安徒生童话。

它告诉我：生活像一件大大的不可思议的礼物。

我喜欢它说的生活。我要用太阳花、微笑和七颗星星的夜晚去交换。

（1981年）

14

人很小，人对人生一点儿办法也没有，我很小的时候就有这个感觉。

但是《昆虫的故事》这本书告诉我，每个生命都有一个属于它的努力过程，都有一个属于它的希望。而这个希望就成为它的命运。

你看这些黄蜂、马蜂，它们建立起一个蜂窝。你看这个时候，它们有三万只蜂，很厉害，狗熊也不敢过来。

但是你看，秋天一到，它们便一打一打死去，最后一打“也在灰尘中间不再清洗自己的衣服”。然后没有奇迹地就都死了。

这个“盛大”也就彻底地结束了。

这个事情，法布尔说：不是因为冬天天太冷的缘故——那些生活在他的温暖的屋子里的蜂也死。法布尔说：是因为有一个我们看不见的生命的钟，走到了尽头；无论你有过怎样的强盛或者小心，这个尽头是不可避免的。

但是春天来的时候，新生的蜂周而复始。努力是必然的，希望是必然的，化为乌有也是必然的；一个宿命坚定地贯穿在中间。

15

我反复地读惠特曼的诗。我在一个滴雨的时刻忽然读懂了。我发现，困惑了我许久的，像墙壁一样挡着我的问题，他早就给我解决了。因为他不是在一条路上行走，他是在所有的路上行走的，所以他不需要技巧。他在讴歌灵魂，讴歌自己相信但是未必存在甚至是不可能存在的东西，他写得那么自信；他告诉我，他什么也不依靠——“我在大路上走着，又轻松又愉快，我不再期望星辰，我知道它们的位置十分安适，我不再企求幸福，因为我就是幸福。”他说：“宇宙本身就是一条为了让灵魂前进的大路，在前进的灵魂面前，一切具体的东西都退隐到偏僻的地方去了，一切都让开吧，让灵魂前进。”

16

许多年前，我喜欢昆虫，我走很远到书店去找关于虫子的书。书很难找，书也很怪，总要把虫子分成有益的有害的，活像一个法庭，根据虫子的若干表现就加以判决，凡对人不利的就要处以死刑。

会不会有别样的书，别样地讲昆虫呢？不会，因为书也跟昆虫一样，早被分了类，凡是不能让地多打粮食的书，都进了造纸厂。

（1987年2月）

17

记得有一个朋友跟我说，他听音乐也就听到巴赫，而谁谁谁——也是一个朋友——已经听到西贝柳丝了。我就很吃惊，我说这还有个等级吗？怎么叫听到西贝柳丝了？好像经过千山万水才能听这个西贝柳丝哈？对我这惊讶呢，我这朋友就很不以为然。读书也是这样，读到玛格丽特·杜拉，或是亨利·米肖，好像标志着不同的级别；我就叹气，这人还真是不知道自己的脚有多大，非得靠尺度告诉不可呢。我也喜欢看书，但是我不太喜欢看文学史，我就不太信那个“史”和那个分类。我看书就像我看一只漂亮的昆虫似的，看进去了，我就是那只昆虫，随它过上一段它的生活；看书呢我好像就成了那里边的一个个人，作为这个人那个人再经历一次人生。我看《德伯家的苔丝》，我就是那个女孩子。所以我看一本书差不多就是多获得了一份生活，多经历了一个生命过程。

18

我是比较喜欢崔健和王朔的东西的。我和他们的性情十分的不一样，这可以一目了然。但是从敢于真性情上说，我是喜欢他们的。很多人包括我，他们对现实失望的时候，就寻找思想的支持，对生活失望的时候，就寻找文化的支持，对现代失望的时候，就寻找历史的支持，对人失望的时候，就寻找自然的支持；但是像崔健、王朔，他们在这点上是勇敢的，诚实的，就是说我是这个就是这个，没有什么能代替这个，也不指望什么来支持这个，它不垮就是这个样，垮了也不须救，因为没什么救得了。

19

真性情无好无坏，它就是：是这样。

如果究底的话，它是跟人的自在的本性一致的。至于好坏，是由于从世界的位置看它而生出的问题，世界的位置大体是人在这个世界上的利益的位置。如果从审美角度看，我相信只有单纯的才会是美的，单纯的就是本质的，就是真性情的。所以有美或者不美，喜或者不喜，而没有好坏的问题。

荷兰有本书叫《小约翰》，说两个蘑菇在那儿说话，一个小孩儿过来插嘴说："你们是有毒的！"蘑菇听得莫名其妙。因为人想到了吃它们才会有"有毒"的看法，而对于蘑菇来说就没有这个问题。好和坏是人间功利的问题，而纯粹人的本性是没有这个问题的。

20

马克思已经实现了他的理想了，那就是他的理论。他分析资本主义分析得很深刻，我到现在还觉得是最为严谨深刻的。

21

我很喜欢雷诺阿的画儿。画一些女孩儿。他很平静地看这些美丽的生命，她们天真、漂亮、简单。雷诺阿画头发很漂亮。雷诺阿会用红颜色，生命的感觉很强。花儿，水果，孩子，身体，都有一种生命的光溢出来。

有一回问我同不同意济慈说的一句话，就是“真的是美的，美的是真的”；我说，美的是真的。我不知道什么叫“真的是美的”，也许美的是真的，真的就是美的，跟佛教的道理一样：空就是色，色就是空。

22

审美是一个艺术行为的概念，而不是一个生存领域中的概念。在美国的时候，我谈到过这个问题，如果他是一个画家，他拿你当墨研，你无疑只有痛苦谈不上审美。

我们现在所说的是这幅已经完成的画儿，这是一幅前所未有的令人惊讶不已的画儿。你说为什么埃及金字塔令人感动？堆积起它的你说是累累白骨，是残暴、黑暗，但是人们还是在它前边照相，还是印它成为精美的风光图片，这就是因为这时已不在生存层次，累累白骨、深透的人的血泪，饱含的已经是一种和这个塔、这个历史融为一体的精神了。——人们所以获得审美上的震撼，我想根本起点在于人的情感对应着的是无情的天，这样一个缘故吧。

23

《浮生六记》说了一个结婚特别好的故事。他和芸娘一起吃豆腐都有一种味道。不觉东方既白。他们一起划船，去太湖，芸娘坐那儿看，好久没说话，然后叹道：人家的女孩子根本不能出来，我能看见这么大的天地够了。它这个是从一枝花儿，到做一道菜，样样都能够相互体味，到了和谐的程度。

它为什么写她没说话？整个故事还包括做豆腐呵好多细节。有一天芸娘看见了一个女孩儿特别好看，就告诉他。他没在意。芸娘说哪天让你看看。后来果真带她来了。她的丈夫一看说真是一泓秋水照人寒呵。一个十四五岁的小女孩。芸娘就想以后让她到家里来。他说不行，咱们太穷了。芸娘说她可以想办法。后来那女子又来他们家的时候，芸娘说我去和她说话，要是她愿意呢，我这镯子就戴在她手上了。当那个女孩儿从芸娘屋里出来的时候，果然戴了芸娘的镯子。他于是特别怔。可是他们依旧没钱。后来女孩子被有钱的人夺去了。这男的倒没什么，可是芸娘不高兴，到死的时候还说：憨园负了我。那个女孩儿叫憨园。

他在芸娘死了以后，一直等她；因为他们感情特别好，而且据说人死后魂会回来。他点蜡烛等她，看见火一点儿点儿高起来，他真真吓坏了；但是他要等她，他大睁着眼睛看。

还是中国话好，叫缘分。好像有一个密码，你打破天去，这密码没动，就不散，动了，就散了。这是极其个人化的东西。

所以是宿命。

说到底，爱是自己和自己的幻影的事，不是同对方的。

24

捕鲸鱼气忿，为什么捕鲨鱼就不气忿呢？这个人哪，你看，他不光把自己划成了三六九等哈，他把动物、植物全都给划了个三六九等。就像我小时候想找点儿讲虫子的书，找来一本，它那个分类就是，害虫和益虫：那个螳螂是益虫，可是在虫子里边那肯定是大害，得是狼、老虎一类是吧？那个瓢虫基本定性是害虫，可是在虫子里边估计是绵羊一类，一点儿也不害。好歹那本书呢是讲种地的书，所以倒也说得过去。

25

他说知了，就是那个夏天在树枝上“知呵，知呵”叫的蝉，它一直在地下默默地做苦工，挖一个洞，就坚持在那里面谱写歌曲，全部目的就是有一天到树上去歌唱；而它自己是听不见歌的，因为它是一个聋子。——他的这些地方都写得非常漂亮。

H：对，有意思。

但奇怪很多人都不知道这本书。

H：我也不知道。他叫什么？

J.H.Fabre，法布尔；再多我就说不上来了。周作人的散文中间有过这个名字，我见到过，大概是在二十年代就有了，那个时候中国就有人提到这本书。

一八几几年十九世纪的人。据说有人提过他拿诺贝尔奖。听说有个动画片，讲的就是他的昆虫的故事。

H：Fabre，我知道了。

你看它这一开头就写着七八千年以前，埃及农民就注意到了这种推球的甲虫，认为它在解释星体的运行，所以叫它是“神圣的甲虫”。这上来就写得漂亮。它这字里行间充满着一种神秘的生命的感觉，又是很简单朴素的。这本书后来都快被我看坏了，现在找出来又看，还是很好，很合我意。

因为你知道，中国的哲学和道理都太世故了，不合我意。

H：世故?

世故就是太老人的眼光了，有一种权衡。你看庄子、老子，他实际上最后还是要告诉你这些事值得做还是不值得做，他不过是说人世的一些事情不值得做。我觉得这种想法就很坏，因为它有着一个比较，有一种谋算，终极是个人自己。它整个是一个比较世故比较成熟的观照。这个我不太喜欢。佛教就比它好。佛教是“就是这样”，没有那个比较。

那么这个书我喜欢，它有非常可爱的一个小虫子的视角，和你的对小虫子的微小生活的看法，你从微小进入而发觉越来越宽阔盛大。

它写螳螂打猎，举个大刀，

H：螳螂，噢，对对，螳螂就是一个虫子。

对，绿的。法布尔很生气地说：她把她的丈夫吃掉了。你知道螳螂结婚之后，就把丈夫吃掉吧？

H：对对对。

我管这叫从一而终（笑）。但是法布尔很生气。这个书很好玩儿。

26

正恼恨梦里窜进句歪诗，道是“六月九日丧残春，缥无音息花朵红”，给搅了境界，就偏头一眼见床头我老是放着纸笔的木凳上一溜蚂蚁在爬。蚂蚁总是最容易被看见的，不是因为它大而是因为它多，这对小孩很合适。每当小孩缺玩伴或玩具时，就可以看蚂蚁。蚂蚁忙着，漫无边际，永远不会出现相同的队形，这是让我好早就发愣的问题之一——都在动，再也不是原位，谁能记住这一切呢？草黄了，绿了，也不是原来的样子了。

把水漫在蚂蚁的路上，或用聚光镜投下光焰，甚至聚强光去照水底的蚂蚁，这样凶恶的事只有不爱上学的小孩去做。把它们放在瓶子里，放一些烟雾和米，看它们沿着玻璃瓶壁挖洞；杀了那么多蚂蚁，还想关闭蚂蚁在瓶里繁殖，真不合逻辑。后来我发现了一个归属现象，你把蚂蚁关起来以后，你就会希望它多吃多生，成为一支大军队，听话的，像《三国演义》小人书上画的那样，或者像打仗电影里的行军、冲锋。

有了些学问后，对上帝在《圣经》里的做法一直不解，此时看见蚂蚁，冷不丁想起儿时的寂寞，就忽然事事通顺起来：我们谁也不能认识上帝，和他串通一气，就像蚂蚁不能叩问我们一样；我们只能孩子般看着蚂蚁，想象上帝。

我们把上帝想得多么寂寞呵，写《圣经》的人都是孩子，原来如此。

27

认真开始读外国诗是在十多年后，我先读了些浪漫派的诗，感触不深，我觉得他们有些姿态是做出来的。真正使我震惊的是西班牙和它的那个语系的文学——洛尔迦、阿尔贝蒂、阿莱桑德雷、聂鲁达。他们的声音里有一种白金和乌木的气概，一种混血的热情，一种绝对精神，这声音震动了我。

我是个偏执的人，喜欢绝对。朋友在给我做过心理测验后警告我：要小心发疯。朋友说我有种堂吉诃德式的意念，老向着一个莫名其妙的地方高喊前进。我想他是有道理的。我一直在走各种极端，一直在裁判自己。在我生命里总有锋利的剑，有变幻的长披风，有黑鸽子和圣女崇拜；我生怕学会宽恕自己。

我喜欢西班牙文学，喜欢洛尔迦，喜欢他诗中的安达露西亚、转着风旗的村庄、月亮和沙土。他的谣曲写得非常动人，他写哑孩子在露水中寻找他的声音，写得纯美之极。我喜欢洛尔迦，因为他的纯粹。

（1984年）

28

惠特曼和洛尔迦很不相同，他是开放型的，是广大博爱的诗人；他无所不在，所以不会在狭窄的路上与人决斗。他怪样地看着人类，轻微地诅咒而更加巨大地爱着人类。他的诅咒和热爱如同阳光。对于他——惠特曼来说，对于他干草一样蓬松的胡须来说，没有什么是不可解的，没有年龄，没有什么千万年的存在之谜。那些谜轻巧得像纸团，像移动杯子一样简单——灵魂和肉体是同一的，战绩和琐事、田野和人、步枪子弹和上帝是同一的，生和死是同一的，都是从本体生长出来的草叶。

他像造物者一样驱动着它们，在其外又在其中，只要他愿意，随时能从繁杂的物象中走出来，从法规中走出来，向物化的生命显示彼岸。他说：那里是安全的。他说：宇宙自身就是一条大路，为旅行的灵魂安排的大路。他说：你一出生就在这条路上。他说：为了让灵魂前进，一切都让开路……一切具体的东西——艺术、宗教、政府。

惠特曼是个超验的人，他直接到达了本体，到达了那种“哲学不能超过，也不愿超过的境界”。他留给人类的不是一本诗，而是一个燃烧着无尽核能的爱的太阳。

我读惠特曼的诗很早，感应却很晚。我是个密封的人。一直到一九八三年的一个早上，痛苦的电流才熔化了那层铅皮，我才感到了那个更为巨大的本体——惠特曼。他的声音垂直从空中落下，敲击着我，敲击着我的每时每刻。一百年是不存在的，太平洋是不存在的，只有他——那个可望不可即的我，只有他——那个临近的清晰的永恒。我被震倒了，几乎想丢开自己，丢开那个在意象玻璃上磨花的工作。我被震动着，躺着，像琴箱上的木板。整整一天，我听着雨水滴落的声音。

（1984 年）

29

那天我没有吃饭，我想：在诗的世界里，有许多不同的种族，许多伟大的行星和恒星，有不同的波，有不同的火焰；因为宿命，我们不能接近他们。我们困在一个狭小的身体里，困在时间中间。我们相信习惯的眼睛，我们视而不见；我们常常忘记要用心去观看，去注视那些只有心灵才能看到的本体。日日，月月，年年——不管你看到没有，那个你，那个人类的你都在运行，都在和那些伟大的星宿，一起烧灼着宇宙的暗夜。

（1984年）

30

我喜欢古诗，喜欢刻满花纹的古建筑，喜欢殷商时代的铜器；我喜欢屈原、李白、李贺、李煜，喜欢《庄子》的气度、《三国》的恢宏无情、《红楼梦》中恍若隔世的泪水人生。

我就活在这样的空气里。我不仅喜欢读古诗，而且喜欢摹画一些送给朋友；我不仅喜欢古诗，而且喜欢在落叶中走，去默想它们那种魂天归一的境界；我常闭起眼睛，好像面对着十个太阳，让它们晒热我的血液。那风始终吹着——在萧萧落木中，在我的呼吸里，那横贯先秦、两汉魏晋、唐宋的万里诗风，那风始终吹着，我常常变换位置来感知它们。

学习古诗，历来就有两种方法：一种是悟其神，一种是摹其形。我以为前者是大道，穿越物象才能到达本体，忘其形才能得其魂。这个道理非常简单，可惜许多死于章句的人并不这样想。他们喜欢研究服装上的纽扣，把外衣当贵宾；他们迷信古律古声，似乎唐诗是靠平仄对仗作出来的。他们的这种偏见造就了明清以来的大批诗匠，直到现在还有遗风。殊不知至人无法、大象无形，李白屈原又在多大程度上仰仗了格律呢？形式只应当是道路，而不是墙，伟大灵魂的前进本身就创造了最好的诗形式。

我以为创新就是最好的继承，创新是传统的精髓，是传统生命力最好的证明；传统在我们身上生长、挣扎，变得弯曲，最后将层层叠叠开放出来，如同花朵。

我有些相信艾略特的说法：传统不是一个单向的过程，而是一种关系，一种能动的结构；不仅古人使今人存在，而且今人也使古人存在——他们相互吸引、排斥、印证，如同化学中的可逆式反应，或者天宇间旋转的双星。

（1984年）

31

一切都要过去。说“过去”，是因为我们在一个固定的形式之中看问题，而精神是不会固定在任何形式中的——无所驻处是真心。八三年我读惠特曼和庄子的书，感到了这种精神的存在。

惠特曼，那个《大路之歌》，楚图南译的《草叶集》。《草叶集》其实讲的是从上帝到草叶，从步枪到子弹，从生到死，都是同一的，都能感觉到生命的鼓舞。那么这个《大路之歌》给我的印象很深。他说：他早上起来，走在大路上，黄土的路上，忽然感觉到又自在，又轻松，家里的一切埋怨一切事情都跟他没有了关系。他说：从此我再不仰望星辰，我知道它们的位置十分合适；从此我再不寻求幸福，我知道我就是幸福……

他一下就获得了这个感觉。然后他继续往前走，走到树荫下，他觉得所有树、果实和叶子都有思想，静静地落下来，他说：恰好，我就接住了。接着他说：我的号召，是战争的号召，我召唤着反叛的行为。他又说：在人家迎接我的地方，安排好了床、住所和食物。他说：我只匆匆和他们拥抱一下就又离开了，我不能在这些安排好的地方停留。他这个时候已经成为这个精神本身了。最后那段话是：让工具放在工厂里，不要使用；让教师们讲课，教室的门开着；让律师辩论，法官们判决——在这一切到来之前，我就把我给了你，给了你黄金一样宝贵的爱；你也把你的手给我吗？你和我终身相依而不分离吗？

这是《大路之歌》。整个这个诗非常长，它实际就是说在这一切文化形式产生之前，我们的生命是在一起的，跟整个的这个世界原本是没有关系的。惠特曼写的这个东西里既有战争又有悲哀，什么都有，但是他是从一个特别不可思议的角度来看这一切的。他写一个老人，他长着很漂亮的胡子，划着船，他有五个儿子，也长得非常好，也划着船……或者他写一个奎克教徒，一个老太太，说她坐在宽大的廊子下，戴着奎克式的帽子，脸像天空一样晴朗。她的孙女在纺线，她的孙子在种麻……他写道：这是大地柔美的性格，这是哲学不愿超过也不能超过的境界。就是这种美丽和沉静。他说：这是人类的真正的母亲。

惠特曼刚开始写时也不是这样的，忽然到了三十多岁就变了，整个都变了，一直到死，保持着这种信心。其实他在生活中间糟糕透了，简直是一塌糊涂，也没工作，也没钱，也没有人嫁给他。可他一直保持了这种信念。最后在他七十多岁的时候，他和他的几个朋友一起喝酒，他说：不论你们怎么想，我对将来充满了信心。他说的不是“将来”这个词，是一个很奇怪的词——“即将”，对，——“不管你们怎么想，我对‘即将’充满了信心。”这句话他是对他自己说的。这是一种真实，跟别人没有关系。

《大路之歌》里还说：人人都说这个地方是没有的，但是我用我的脚试过，这个地方是最可靠的。他让人跟他走，但没有人跟他走，于是他自己去了。

老子也说过这样的话：我的道，甚易知，甚易行，但世人皆不知皆不行。因为走这条路确实是豁出去了，没有强大足够的精神不行。在别人没有这个精神的时候，他们不知道你在做什么，这些人是怎么回事，只能解释为这些人是理想主义者，或者他们发疯了。

对于这些人来讲，生命不过是一个他们行进于理想中的过程。整个生命曲折苦难，充满启示，它全部的意义就在这一个个启示的光芒中间，在于生命光芒的映照中间。

32

听众：人类文明是不断进步的，图书馆里的书越来越多就是标志。二十世纪的文化特点是，什么总在交流中往前走。

那可不一定。我就有过两度从这个人类社会经漫长演变而达至的文明时代，一步跨回到无电原始时期的逆向经历。第一次是在中国，从北京到了一个边远的小村子；第二次是从欧洲到了我们纽西兰的小岛上。岛上的电力不发达，还是有电的，不过我们的住处没电。有一个朋友去看我，我们在黑黑的山路上走，等到进了我们家，我点起根蜡烛，他就着烛光看了一圈儿，没有发现一本书，就问：你把书都背下来了吗？他问得我很不好意思，我不想让他失望，就说：《左传》我肯定没有背下来。

中国一千多年前有过这样一个故事：有一个人背着很多书到处走，他走到一个很有名的禅宗师傅那儿问他：这些书是什么意思？这个师傅就给他一支蜡烛领他出门，蜡烛一下灭掉了，他们都陷在黑暗里边。

老和尚藉此告诉他的是，你不能用蜡烛照亮你的道路，你便也不能靠这些书来懂得人生。

在这个灯光熄灭的瞬间，我想的事情是，艺术究竟属于所谓的现代所谓的二十世纪还是属于我们的内心。

编　后

胡少卿

顾城是当代中国文学收获的少数几个天才之一。随着时间流逝，他的重要性越来越清晰。由于在大学教授中国当代文学专题，我得以了解顾城诗歌是如何成为一批又一批年轻人的钟爱之物。仅仅印在纸上的诗会腐烂，刻在心里的诗会长存。顾城的诗歌应该属于后者。

在备课过程中，我接触到顾城的访谈《无目的的“我”——张穗子访谈录》和他在德国波鸿大学的演讲稿《从自我到自然》。这两篇文章里表达的对于世界和人生的看法使人耳目一新。随后，我又阅读了更多顾城的散文性文字，感到它们和顾城诗歌一样，是时间遗下的珍珠。这些二十年前的思考对于今天为凡俗生活所困的人具有重要的参考价值，他的灵光闪现有助于我们树立平静生活的智慧。基于此，我决定将顾城带有哲学思考性质的文字辑于一书，也就有了这本《顾城哲思录》。

本书文字除第一辑第八则摘自小说《英儿》外，其余全部摘自四卷本《顾城文选》。《顾城文选》于 2005~2007 年间出齐，计约 155 万字，收录了顾城诗歌之外的散文性文字，惜乎流通不广，识者未众。幸好，新版的《顾城文选》也正在筹划中[①]。

① 《顾城文选》已经以《顾城海外遗集》之名于 2014~2019 年间出齐，由荣挺进辑录、顾乡校注，金城出版社出版。——2020 年 11 月补注

本书中文字形成的时间，基本为1987年5月之后作者的去国时期。少量产生时间在此之前的段落，已经在文后注明。1987年5月之后，作者形成了自己相对稳定统一的对于世界的看法，它们从不同的侧面在本书中得以展现。当然，区区数万字只是管中窥豹，而其中取舍也不可避免地带有编者的主观意志。此外，由于各种原因，顾城的一些精彩段落未能选入，使得其精神面貌的呈现并非完整，这一缺憾有待将来弥补。

顾城后期诸多思想都见于谈话、访谈、演讲中，它们的呈现方式本身就带有一定的即兴和片段色彩，这使得本书所采用的“断章体”天然地最大限度地避免了断章取义。

本书分为人生、诗、中西、生活、传统、书六辑，这完全是一种形式上的归类，其全部的意义在于使读者查阅方便。

书中还摘选了顾城的二十余幅画。画和诗对于顾城来说，不过是不同的表现形式，其内核是同一的。顾城之所以没有选择成为一个画家，可能是因为画画比写诗要更依赖于经济条件，而顾城一贯痛恨被物质因素所牵制。

愿每一个读者都能分享顾城对世界的看法，获得内心的平静。

2011年7月21日

于对外经济贸易大学

增订版编后

胡少卿

本书集中了晶莹剔透、丰盈华美的文字，它们和顾城写得最好的那些诗歌具有类似的品质。评家吴晓东曾称顾城“堪称现代汉语成为诗的语言以来最纯粹的诗人”，其诗歌是“汉民族的器皿”。顾城在创设纯净、明澈的现代汉语方面，至今尚无人能及。他的写作风格，用唐诗来讲，是“一片冰心在玉壶”，用禅宗的话说，是“银碗里盛雪”。

这种风格以追求天然为旨归，但不能简单地认为它的形成是自然而然的。它其实是一种筛选、排除和深思熟虑的结果。“黑夜给了我黑色的眼睛”，诗人是一个在黑暗中长大的孩子。他的明澈、纯粹，是一种斗争的方式，如同一首诗中所言：

越是腐烂深重的池塘
越能长出明丽的莲花

顾城所做的是“提纯”的工作，他纯银般的歌声升起在沉重含混的现实泥淖之上，给遭逢它的人一个照耀。

《顾城哲思录》于2012年8月初版后，许多原本对顾城陌生的读者也对顾城发生了兴趣。本次再版增加了35则文字内容，以飨有缘诸君。

2015年2月28日

于对外经济贸易大学

第三版后记

胡少卿

《顾城哲思录》编定于2011年，初版于2012年，增订版出版于2015年。这是第三次出版。

一本书能持续受到读者欢迎自然是值得高兴的。有朋友说，这是一本能让人归于平静的书。我们生活在一个喧嚣的时代，太多杂乱的信息输入瓜分了人的注意力。这时，一种独立理性、宁静自守的状态便弥足珍贵。

即便如此，我们与一种清晰、牢靠的判断之间仍然障碍重重，这障碍既可能来自于内，也可能来自于外。要看到“水落石出”，唯有一再地乞灵于时间的裁判：

那是五千年的象形文字
那是未来人们凝视的眼睛

这愿望衰弱而摇曳。

2020年4月19日

無端樹上走一遭

我们所能描述的

天爱